FOLIOTHÈQUE

Collection dirigée par
Bruno Vercier
Maître de conférences
à l'Université de
la Sorbonne Nouvelle - Paris III

Honoré de Balzac

Illusions perdues

par José-Luis Diaz

Florence CLAUDE

José-Luis Diaz

commente

Illusions perdues

d'Honoré de Balzac

Gallimard

José-Luis Diaz est professeur de littérature française à l'Université Paris VII-Denis-Diderot. Ses travaux sur la fonction-auteur, sur la biographie d'écrivain et sur la « scénographie auctoriale » à l'époque romantique sont en cours de publication. Responsable des colloques de la Société des études romantiques, il a coordonné plusieurs numéros de la revue *Romantisme*, ainsi que de *Textuel*. Membre du Groupe international de recherches balzaciennes, il a codirigé le colloque « Penser avec Balzac » organisé à Cerisy-la-Salle en juin 2000.

LISTE DES ABRÉVIATIONS

CH *La Comédie humaine*, éd. P.-G. Castex, Gallimard, coll. « Bibliothèque de la Pléiade », 1976-1981, tomes I-XII.

OD *Œuvres diverses*, éd. P.-G. Castex, Gallimard, coll. « Bibliothèque de la Pléiade », 1990-1996, tomes I et II.

« L'ŒUVRE CAPITALE DANS L'ŒUVRE »

« Le tome VIII [des *Scènes de la vie de province*], où sont les *Illusions perdues* dont la fin est à écrire, m'a coûté trois mois d'épreuves. Mais comme dit la princesse Belgiojoso, c'est le volume monstre ! C'est l'œuvre capitale dans l'œuvre[1] ! »

Pour tout lecteur qui lit un tant soit peu « la critique », telle est la formule que la rumeur colporte : haie d'honneur pour ce roman-phare, mais de celles qui inhibent un peu. Estampillé de ce label, *Illusions perdues* nous parvient comme un livre essentiel, occupant une place clé dans cette œuvre-monument qu'est *La Comédie humaine*. Véritable cime — ce qu'est la tête (*caput*) par rapport au reste du corps, ou la capitale d'un pays par rapport à ce pays lui-même —, *Illusions perdues* serait donc une œuvre maîtresse. Et donc aussi la preuve d'un maître. Microcosme dans lequel se rassemble tout le « capital » symbolique qu'il a accumulé, mais aussi monument testamentaire. Car quel meilleur laissez-passer pour lui aux approches de la « peine capitale » ?

Si, insatisfait de l'autorité de l'auteur, on veut mettre en doute cette affirmation tranchante, on doit vite reconnaître à quel point elle est fondée. Oui, l'impression commune est bien d'être au cœur de l'œuvre, dans une de ses artères principales : axe circulatoire plus que centre de symétrie. Un « carrefour », dit P. Citron[2]. Une « puissante cordillère »,

1. 2 mars 1843, *Lettres à Mme Hanska*, éd. R Pierrot, Éd. du Delta, 1968, t. II, p. 172.

2. Préface à *Illusions perdues*, G.-F., 1966, p. 27.

qui sert « d'armature à *La Comédie humaine*, dans laquelle elle étend de toutes parts ses ramifications », suggère R. Chollet[1].

1. *CH*, t. V, p. 108.

Impression renforcée du fait que nous sommes en présence d'une somme, constituée de trois romans distincts (*Les Deux Poètes*, *Un grand homme de province à Paris*, *Les Souffrances de l'inventeur*), petite galaxie dans la grande, qui appartient elle-même au cycle majeur de *La Comédie humaine* : le *cycle Vautrin* (qu'elle forme avec *Le Père Goriot* et *Splendeurs et misères des courtisanes*).

De cette trilogie, *Illusions perdues* occupe le centre. Au moins de trois façons : si l'on considère la date de publication des trois ouvrages, la temporalité fictive de la fable (Rastignac « monte à Paris » avant Lucien, et Coralie passe avant Esther), ou encore l'équilibre qui se fait entre le roman de l'ambition (*Le Père Goriot*, phase ascendante) et le roman de la décadence (*Splendeurs et misères*, phase descendante). Roman de l'ambition mais aussi de la désillusion, *Illusions perdues* est une œuvre de synthèse qui contient ces deux termes extrêmes.

De surcroît, dans le plan d'ensemble de *La Comédie humaine*, *Illusions perdues* a une fonction architectonique. Ce roman fait le lien entre vie parisienne et vie de province. Mais le côté « arc-boutant » de l'œuvre se manifeste aussi en ce qu'elle est un récit de la vie littéraire s'articulant sur l'expérience vécue de son auteur. Ce que manifeste le choix-réflexe de la période historique : non point ces années de la monarchie de Juillet où le devenir industriel de la littérature est plus manifeste, mais le début des années vingt où Balzac fit son entrée en littérature.

Ce côté autobiographique de l'œuvre renforce sa position ombilicale. Certes, elle n'est pas la seule à avoir ce privilège : songeons au *Lys dans la vallée*, à *Louis Lambert* ou à *Albert Savarus*. Mais l'ancrage d'*Illusions perdues* dans la vie de son auteur est d'autant plus fort que ce roman stéréoscopique a un héros en partie double : David l'inventeur et Lucien le poète. Géniale diplopie qui permet à l'auteur de tirer des effets de relief, mais aussi d'être superlativement présent, au prix de transpositions. Sans qu'on tombe dans le « roman intime » — ce à quoi s'oppose le contrat de réalisme social qui est celui de Balzac —, la part d'investissement personnel est ici d'autant plus grande que l'auteur s'est donné deux « fantômes du miroir » pour délégués, chargés de recueillir sa double expérience de jeunesse : écrivain néophyte (Lucien), « homme de lettres de plomb » (David). Sans compter qu'on est tenté de chercher Balzac dans un autre au moins des protagonistes : Carlos Herrera, *alias* Vautrin, chargé de décliner un tout autre aspect de son identité. Car si Balzac n'a été ni bagnard ni jésuite, il partage bien des qualités virtuelles avec cet *alter ego* : son goût du pouvoir occulte, sa prétention à voir l'envers du décor, certain penchant à l'homosexualité, son génie de la manipulation — qui, chez l'écrivain, s'est transcendé en goût pour l'invention d'intrigues romanesques.

Enfin, comme était tenté de le faire Gaëtan Picon (dubitatif quant au côté typiquement balzacien de cette œuvre), on pourrait dire que le côté « capital » d'*Illusions perdues* excède même Balzac : « Un tel livre [...] est comme l'archétype du roman même, élevant jusqu'au mythe la simple histoire *de* chaque vie[1]. » Plus encore que devant une quintessence du roman balzacien, nous serions devant un roman archétypal, un *sublimé* du genre romanesque tout entier. Et cela parce que *Illusions perdues* est à la fois un roman d'apprentissage (comme *Le Rouge et le Noir* et *La Chartreuse de Parme*, autres romans « génériques »), mais aussi un roman de la désillusion (comme *Lucien Leuwen* et *L'Éducation sentimentale*). Notre roman remplirait ainsi la double fonction attachée au genre depuis *Lazarillo de Tormes* jusqu'à la *Recherche du temps perdu* en passant par *Wilhelm Meister*: retracer le mouvement conquérant de l'existence subjective, tout en la montrant confrontée au frottement dévastateur de la réalité.

Démonstration trop aisée, dira-t-on. Et qui invite à la dissidence. D'autant que la mode en critique n'est plus à ces affirmations triomphantes du côte totalitaire, de l'aspect « cathédrale » d'œuvres majeures telles que *La Comédie humaine*. Aujourd'hui qu'à ces symétries victorieuses on préfère des architectures mentales plus aléatoires, des tout plus « en morceaux[2] », n'est-ce pas un handicap pour cette œuvre majeure que d'avoir été promue l'axe de *La Comédie humaine* ? Et n'est-ce pas plutôt dans la formule qui clôt *La Maison Nucingen* — « il y a toujours du monde à côté[3] — que serait le Balzac « décentré » qui nous ressemble ?

1. « Les Illusions ou l'espérance retrouvée », Introduction à *Illusions perdues*, Gallimard, coll. « Folio », p. 22.

2. Voir l'article emblématique de L. Dallenbach : « Le tout en morceaux », *Poétique*, n° 42, avril 1980, p. 156-169.

3. *CH*, t. VI, p. 392.

La vérité est entre ces deux extrêmes. Comprendre la centralité de l'œuvre, son caractère typique, est une nécessité. Et qui invite à réfléchir non seulement sur cette œuvre en tant que telle, mais aussi sur le « programme » qu'elle induit. Mais cela ne doit pas nous interdire d'être sensible à ce qui en elle échappe à certain totalitarisme balzacien — lequel, si l'on en croit Gaëtan Picon, penche ici du côté du réalisme social : « Le paradoxe des *Illusions* est d'être à la fois le premier et le moins balzacien des chefs-d'œuvre : le seul peut-être qui semble recevoir sa lumière non du sombre foyer qui brûle à travers les vitraux de *La Comédie humaine*, mais du simple soleil de nos jours. [...] Ici, les pages les plus visionnaires sont plus proches de la vue que de la vision » (p. 7-9).

En lisant *Illusions perdues*, nous garderons à l'esprit que Balzac a écrit d'autres œuvres, moins majestueuses de proportions, mais parfois aussi plus inventives parce que non arrimées à l'axe central de la « grande *Comédie humaine* ». Des « bambochades », des œuvres-rêves, des « fantaisies à la manière de Callot »... Et qu'il a désigné d'autres soleils à sa galaxie. *La Peau de chagrin* en est un autre, étrange anneau entre les *Mille et Une Nuits* et le réalisme de mœurs.

I HISTOIRE DU TEXTE

GENÈSE DE L'ŒUVRE, GENÈSE DE SOI

Il faut du temps pour se réapproprier son origine. C'est ce qui explique que ce roman *originaire* ne se soit pas présenté tout de suite. Avant d'être en mesure de parler de sa grinçante épopée de jeunesse, Balzac a commencé par se tourner le dos à soi-même. Passé l'époque des romans pseudonymes (1822-1825), puis celle de l'« Histoire de France pittoresque » (*Le Dernier Chouan ou la Bretagne en 1795*, 1829), celle des « Physiologies » (1826-1830), puis celle des « contes plus ou moins fantastiques » (1830-1832), c'est en tant que romancier de mœurs qu'il a trouvé sa voie. D'abord dans de brefs récits jetant une lumière crue sur quelques *Scènes de la vie privée* (avril 1830). Puis dans des romans plus élaborés comme *Eugénie Grandet* (1833), où, délaissant déjà le Paris fantastique de *La Peau de chagrin* (1831), il s'est attaché à peindre les mœurs fades de la province.

Cependant, tout en composant cette fresque réaliste qui, à partir de 1834, va prendre tournure éditoriale dans les *Études de mœurs au XIXe siècle*, remarquons que Balzac n'en a pas moins été tenté de puiser dans son expérience personnelle. Première tentative : la rétrospective de sa jeunesse que fait, dans la partie centrale de *La Peau de chagrin* (1831), Raphaël de Valentin, « viveur » faustien plongé dans les effluves d'une orgie parisienne. Autre essai l'année suivante : l'*Histoire intellectuelle de Louis Lambert* (1832-1835). Balzac y est doublement présent, en tant que « faisant » (camarade de classe) de ce génie ignoré qu'est Louis Lambert, élève comme lui des Oratoriens de Vendôme, mais aussi en tant que double prosaïque du héros. En 1835, nouveau récit de jeunesse malheureuse, attribué cette fois à un jeune aristocrate mal aimé de sa mère : Félix de Vandenesse (*Le Lys dans la vallée*). Ce qui manque pour l'instant à tous ces récits de formation, c'est de ne pas se structurer sur l'opposition Paris-Province, et de ne pas être placés au centre de la construction romanesque.

L'opposition Paris-Province — entre une province archaïque et atone, mais moralement bonne, et un Paris moderne et tumultueux, mais véritable océan de perdition — est, en revanche, au centre de ce roman d'apprentissage qu'est *Le Père Goriot* (1835). Présente aussi l'idée de voir la réalité parisienne par les yeux d'un jeune provincial, naïf et pur d'abord, mais vite perverti par les sirènes de l'ambition.

En commençant l'année suivante à écrire *Illusions perdues*, en essayant de remplir le programme de ce beau titre, Balzac savait qu'il risquait la redite. D'où la modestie du projet initial : vingt feuillets seulement, pour dire les illusions d'un jeune poète provincial et ses déconvenues face au monde parisien. Mais bientôt, comme c'est souvent la règle dans la création balzacienne, les vingt feuillets deviennent quarante, la nouvelle se transforme en roman, un roman-fleuve dont il faut endiguer l'effervescence en en découpant une première partie. Sous le titre d'*Illusions perdues*, allait ainsi paraître le premier des trois pans de la fresque définitive (un peu plus long que l'actuelle première partie). Pour justifier le titre, en effet, le roman paru en février 1837 allait plus loin que la fin des *Deux Poètes* : il s'arrêtait aux premières déceptions de Lucien à Paris, déjà trahi par Mme de Bargeton.

Par rapport au *Père Goriot*, la nouveauté que présentent ces premières *Illusions perdues*, c'est d'être résolument un roman de la province. Tandis que le tuff provincial de Rastignac n'était évoqué que par *flash-back*, puis par la correspondance du héros avec sa famille restée au bercail, la province est ici l'objet d'un tableau en règle. Une large place est donnée à la description sociale d'Angoulême où Lucien est né, a fait ses études, essayé ses premiers pas de poète. Si l'opposition Paris-Province est construite comme dans *Le Père Goriot*, elle se trouve renforcée par une temporalité progressive, plus parlante : la province d'abord, Paris ensuite.

Menacé de redite, Balzac a voulu se démarquer du *Père Goriot*, œuvre germinale, en différenciant Rubempré de Rastignac, tout en posant des similarités entre eux. Ainsi Lucien est-il méridional comme Eugène, comme lui naïf d'abord, puis séduit par l'enfer parisien. Comme lui, il est entouré d'une famille « maternante » où les sœurs jouent un rôle prépondérant — comme ce fut le cas dans la famille Balzac. Comme lui, il veut, par sa montée à Paris, réaliser son projet d'ambition. Et dans les deux cas, ce projet s'appuie sur des femmes du monde. Enfin, ces deux ambitieux sont pourvus d'un ami — Horace Bianchon, David Séchard — dont la fonction est triple : servir de *confident*, de *double*, mais aussi de *contre-épreuve*. De quoi permettre à l'auteur de légitimer son ambition de peindre, à travers deux personnages décalés mais semblables, toute une génération. Ce à quoi l'auteur du *Rouge* n'avait pas pensé, mais que Flaubert reprendra, mettant au centre de *L'Éducation sentimentale* le couple Frédéric Moreau/Deslauriers...

LE CHANTIER D'*ILLUSIONS PERDUES*

Grâce au travail de Suzanne Bérard[1] et à la belle édition de Roland Chollet[2], il est facile de suivre la composition des trois parties d'*Illusions perdues*. Elles ont paru respectivement en février 1837 (*Illusions perdues*, titre primitif de la première partie), en juin 1839 (*Un grand homme de province à Paris*), en 1843 (*David Séchard ou Les Souffrances de l'inventeur*[3]). Mais avant même d'avoir achevé sa trilogie, Balzac s'est jeté à écrire le premier pan de *Splendeurs et misères des courtisanes*, autre cycle romanesque en quatre parties destiné à faire suite à *Illusions perdues*. *La Torpille*, future première partie de *Splendeurs et misères* (intitulée plus tard *Comment aiment les filles*), a été programmé, en effet, dès jan-

1. Son livre (*La Genèse d'un roman de Balzac*, Armand Colin, 1961), et son édition du manuscrit de la première partie d'*Illusions perdues*, Armand Colin, 1959.

2. *CH*, t. V, p. 3-108.

3. Dans l'édition originale, le titre est : *Illusions perdues. Troisième Partie : Ève et David.*

vier 1835, rédigée en juillet 1838 et publiée en septembre de la même année. Si l'on considère que, comme titre programmatique, *Illusions perdues* figure dans les carnets de Balzac depuis 1833, et que *Splendeurs et misères* ne sera achevé qu'en 1847, c'est sur une période de quinze années — les plus intenses de la création balzacienne — que se constitue le cycle Rubempré.

Comme très souvent chez Balzac, *Illusions perdues* a eu d'abord une existence souterraine. Entre août et octobre 1833, le titre apparaît au folio 27 de l'album *Pensées, sujets, fragments*. Aux côtés de *Fragments d'histoire générale* (qui restera dans le « carton aux embryons »), il doit former le quatrième volume de la « Ire édition des *Scènes de la vie de province* » (dont *Eugénie Grandet* ouvre le premier volume). Mention millésimée du titre dans le contrat signé avec la veuve Béchet, le 21 octobre 1833 : *Illusions perdues* doit faire partie de la dernière livraison des *Scènes de la vie de province* (qui avec les *Scènes de la vie privée*, et la première édition des *Scènes de la vie parisienne*, formera les *Études de mœurs au XIXe siècle*). Le 24 octobre, dans une lettre à Mme Hanska, Balzac jubile : cette entreprise est un triomphe financier (37 000 frs), mais aussi une victoire morale qui va faire « rugir tous les fainéants, les aboyeurs, les gens de lettres ». Triomphe facile d'ailleurs : des œuvres pour lesquelles il a « presque toutes ses idées »...

Eugénie Grandet paraît le 15 février 1834, premier jalon des *Scènes de la vie de province*, précédé d'une « Introduction » à l'ensemble de ce cycle provincial. Dans cet avant-texte, nouvelle mention d'*Illusions perdues*. La nouveauté est que ce titre est jeté en pâture à l'imagination des lecteurs, et que le roman futur occupe une place architectonique. Pour que « l'œuvre entière devien<ne> plus complète », les *Scènes de la vie de province*, dit l'auteur, doivent offrir « le contraste parallèle qui existe entre la vie des provinces et la vie parisienne ». Fonction qu'est destinée à remplir « la dernière scène de la province (*Illusions perdues*) ». C'est, dit Balzac (employant le présent pour donner à son projet la force de l'évidence), un « anneau qui joint les deux âges de la vie, et montre un des mille phénomènes par lesquels la province et la capitale se marient incessamment[1] ». Difficile de savoir ce qui couvait derrière ce titre propice. Destinée à une fonction clé (servir de conclusion aux *Études de mœurs*), l'œuvre ne devait avoir qu'une place restreinte : douze feuilles d'imprimerie.

1. *CH*, t. III, p. 1521.

Le temps pour Balzac de pourvoir aux cinq premiers volumes des *Scènes de la vie de province*, *Illusions perdues* plonge dans l'ombre. Mention indirecte dans l'Introduction aux *Études philosophiques* que Davin écrit en décembre 1834, « serinetté » par l'auteur. S'y formule cette idée un peu étrange qu'un âge de la vie est associé à chacun des cycles du grand œuvre : à la *vie privée*, la jeunesse, à la *vie de province*, « cette phase de la vie humaine où les passions, les calculs et les idées prennent la place des sensations » ; à la *vie parisienne*, « l'âge qui touche à la décrépitude ». Passer de la vie privée à la vie de province, c'est entrer dans une sphère où « les intérêts positifs contrecarrent à tout moment les passions violentes », et où « les désillusionnements commencent[1] ».

En revanche, point de mention précise d'*Illusions perdues* là où on l'attendrait : dans l'Introduction aux *Études de mœurs* signée Davin (avril 1835[2]). *Le Père Goriot* occupe alors toute la place. Quand tout Paris n'a d'yeux que pour Rastignac, comment « envisager une nouvelle Éducation sentimentale du jeune homme pauvre[3] » ? Ce n'est que sous la pression judiciaire de « la Veuve » que Balzac devra promettre son manuscrit pour le 15 février 1836. Avec un élan d'autant plus retombé qu'il ne lui reste à toucher que 500 frs...

À la suite de péripéties nombreuses, dont le rachat par Werdet du contrat Béchet et la désastreuse entreprise de la *Chronique de Paris*, Balzac ne se met à *Illusions perdues* qu'en juin 1836, lors d'un séjour au château de Saché : 43 feuillets en quatre jours (23-26 juin) ! De ce premier jet subsiste le manuscrit qui, inhabituelle commodité, a été édité par Suzanne Bérard. Ensuite, grâce aux jeux d'épreuves subsistants, on peut suivre les étapes de la rédaction entre novembre 1836 et février 1837, date de parution de ces premières *Illusions perdues*.

À se reporter au manuscrit, le sentiment est que nous sommes en présence d'une œuvre qui se cherche, sans scénario fixe. Loin de ne concerner que le style, les nombreuses corrections affectent la matière même du roman, qui s'improvise à même les

1. *CH*, t. X, p. 1025.

2. *CH*, t. I, p. 1145-1172.

3. S. Jean-Bérard, *La Genèse d'un roman de Balzac*, *op. cit.*, t. I, p. 233.

phrases jetées sur le papier. Seul indice d'une préoccupation d'ordre *scénarique*, la page de titre.

« Chez Balzac le titre n'est donc pas simplement indicateur, destiné à permettre l'identification du dossier qu'il recouvre, il est générateur, il a une fonction magique, et l'acte de l'inscrire est le premier dans cette longue suite qui nous conduira jusqu'à la signature du dernier bon à tirer. Quand elle naît, l'œuvre, chez Balzac, à de très rares exceptions près, porte un titre qui la résume et la symbolise ; le titre flotte, entraînant son œuvre, au cours de cette longue navigation souterraine qui l'amènera peut-être, un jour, à la lumière[1]. »

1. *Ibid.*, t. II, p. 13.

Mais la page de titre contient souvent aussi d'autres titres d'ouvrages, une liste des personnages de l'œuvre en cours et quelques réflexions destinées à orienter la réécriture (à un moment difficile à déterminer du processus). C'est le cas de celle d'*Illusions perdues* : « Lucien est présenté pour la première fois à toute la société dans la grande soirée jusque là il n'a fait qu'y être aperçu. — Ève et David doivent être deux belles figures. David par rapport à Lucien comme Eug[énie] Grand[et] et son cousin. — refaire le caractère de David — David et Ève perdent leurs illusions sur Lucien Madame de Bargeton idem — Lucien sur Mme de Bargeton. Désespoir du Vieux Séchard quand on vend ses ustensiles. — visite de Lucien chez le Présid[en]t de la société d'agriculture p[our] David. »

Si l'intrigue est déjà au point, les personnages sont encore sur le métier. Ainsi du père Séchard : dans un premier temps, il n'est pas poussé au noir. C'est un imprimeur, déjà soûlographe mais assez bénin qui, regrettant l'âge des presses à bois, va prendre sa retraite dans son vignoble de

Marsac. Rien encore du parâtre haut en couleur et autrement nocif qu'il deviendra, sorte de « *renversement* du père Goriot[1] ». Absent, lui aussi, l'épisode par lequel s'ouvrira le premier chapitre dans l'édition Werdet : la vente léonine de son imprimerie à son fils. De même, la symétrie entre David et Lucien n'a pas encore été rompue au profit du second : sur la première épreuve, ils semblent être à égalité les deux personnages principaux de la scène. David hésite entre ses deux identités : commerçant et inventeur. Quant à la double naissance de Lucien, roturier par son père et aristocrate par sa mère, elle n'est pas encore bien établie. Ce n'est que dans un état postérieur que Mme de Bargeton se fera fort d'obtenir l'anoblissement de son protégé, réussissant ainsi une conversion miraculeuse : changer un libéral, fils d'un chirurgien des armées napoléoniennes, en « monarchique *in petto*[2] ». Enfin, Mme de Bargeton elle-même n'est pas d'abord caricaturée : le narrateur ne cache pas ses sympathies pour le côté « artiste » de son éducation, même s'il pressent les ravages qu'elle risque de produire sur une personne du sexe. Ce n'est que sur épreuves que vont être mis en relief ses ridicules de Muse de province ; sur épreuves aussi que son mari vire au grotesque. Balzac fait déjà défiler les fantoches qui composent la société noble d'Angoulême, perruches papotantes et dandys de préfecture. Mais, dans leur état initial, ces scènes hilarantes sont moins poussées à la farce.

De manière générale, la rédaction primi-

1. *Ibid.*, t. I, p. 127.

2. A. 104, f° 91, reproduit par S. Jean-Bérard, *op. cit.*, p. 163.

tive de cette exposition est moins enlevée que le texte définitif. Balzac explique, décline l'état civil de ses personnages plutôt que de nous jeter *in medias res*. Le récit commence par le portrait en partie double de Lucien et de David, pâle vignette pour l'instant, non par l'admirable prologue en *travelling* qui suit la déambulation du père Séchard et nous fait entendre ses jaculations d'ivrogne tout en nous initiant, argot et senteurs comprises, au monde de l'imprimerie. La description de cette imprimerie est d'abord un morceau de chevalet détachable, alors qu'elle sera fondue dans le récit, distribuée en trois fragments pour plus de vivacité. Mais les corrections de Balzac vont aussi dans le sens d'un épaississement de la pâte : plus de détails, analyse plus fouillée.

Pour justifier son titre d'*Illusions perdues*, ce premier roman allait au-delà de l'actuelle fin de la première partie. Nous assistions aux premiers pas des amants brouillés dans la capitale, aux essais vestimentaires de Lucien, puis à la soirée à l'Opéra, naufrage de leurs illusions réciproques. Voici déjà le poète quitté pour le baron, et criant par lettre son amertume à l'infidèle. C'est sur le bref commentaire auctorial qui suivait cette lettre que se suspendait le récit dans l'édition originale : « Il était seul dans Paris, sans amis, sans protecteurs[1]. »

1. Texte de l'édition Werdet, dans Bérard, *op. cit.*, p. 257.

Avant d'avoir mis le point final, Balzac tire des plans sur l'avenir. Déjà, à l'état de fantasme, deux volumes se profilent, chargés d'accomplir ce que la préface de décembre 1836 annonce comme devant être son « plus grand ouvrage comme dimension ». L'œuvre présente n'en serait que l'« introduction » : simple esquisse dont a dû pour l'instant se contenter le prodigue créateur d'une œuvre tentée de crever ses digues. D'ailleurs, comme annoncé à Mme Hanska le 22 octobre 1836, il a déjà le titre de ce roman complémentaire : *Un grand homme de province*[1]. Ce qui ne l'empêche pas de prévoir un long délai avant de remplir sa promesse : « Quand l'auteur pourra-t-il achever sa toile ? il l'ignore [...] » (p. 688). Dramatisation romantique de l'acte d'écrire ? Ou réel pressentiment de la difficulté de l'œuvre ?

Pourtant, un autre passage de la préface nous dit que Balzac est déjà en possession de son sujet : « [l'auteur] a pensé soudain à la grande plaie de ce siècle, au journalisme » (p. 687). Mais cela programme un tout autre roman, peu prévu jusque-là. Ce qui explique sans doute ses difficultés à embrayer. D'autant que, ne voulant plus se contenter de l'histoire d'un poète, l'auteur veut montrer « une des faces les plus curieuses de ce siècle[2] ».

Toutes ces raisons — mais aussi les scrupules qu'a pu avoir Balzac à « dévoiler les mœurs intimes du journalisme[3] » — expli-

1. Mais il n'en hésite pas moins sur la page de titre, songeant à intituler sa partie naissante *Un apprenti grand homme.*

2. *Lettres à Mme Hanska, op. cit.*, t. I, p. 688.

3. *Ibid.*, p. 687.

quent les lenteurs de la mise en œuvre. Pire, un autre projet vient à la traverse : *La Torpille* (titre apparu dès 1835). Avec pour attrait, pour l'auteur comme pour son lectorat captif, le *come-back* du Vautrin du *Père Goriot*. Alors que les deux romans sont au programme, c'est *La Torpille* qui passe devant. Jeu de mots inconscient de la part d'un auteur troublé par son personnage ? En tout cas, cela revient à « torpiller » l'ordre chronologique de la vie du protagoniste. Ce qui oblige l'auteur de ce récit à trous à n'évoquer que par une ellipse évasive les trois années interstitielles qui feront plus tard l'objet des deux dernières parties d'*Illusions perdues* : les années de journalisme parisien de Lucien (*Un grand homme de province à Paris*), puis son repli en province (*Les Souffrances d'un inventeur*). Mais, dans *La Torpille*, rien de précis sur la carrière littéraire de Lucien, ni sur ses œuvres.

Refusée à *La Presse*, où Girardin craint la pruderie des lecteurs face à cette descente chez les courtisanes, cette *Torpille* tombe chez Werdet, en septembre 1838. Et pour faire pendant à la scène à l'Opéra d'*Illusions perdues*, lieu de la déconfiture de Lucien, le récit commence au bal de l'Opéra par le retour triomphal du héros, revivifié en sous-main par le pacte diabolique signé avec Herrera. Une symétrie que gommera l'ajout des parties interstitielles.

Remplir le vide laissé entre les deux romans, tel est le rôle d'*Un grand homme de province à Paris*. Le 15 octobre 1838, Balzac annonce qu'il est en train d'achever son récit. Mais, au terme d'une genèse laborieuse, il ne sera publié qu'à partir du 1er juin 1839.

L'avantage, pour Balzac, c'est qu'il a maintenant à se mouvoir entre des bornes fixes. Excitant défi, il a à relier entre eux deux personnages assez dissemblables bien qu'ils portent le même nom : le provincial illusionné et la faustienne créature de Carlos Herrera. Chose faisable cependant, puisque dans le Lucien d'Angoulême il a marqué une réceptivité gourmande aux amorces de la tentation. Balzac doit écrire l'histoire d'une initiation, mais aussi celle d'une ascension suivie d'une décadence : prélude à un second tressaut de montagnes russes dont *Splendeurs et misères* déroulera la boucle suivante. Dans cet espace de trois années (1821-1824), il lui reste aussi à revenir de la courtisane à l'actrice, d'Esther à Coralie, unies par l'infamie de leur condition, l'absolu de leur amour et leur mort : points fixes rassurants. Mais il a surtout à faire la peinture à fresque du monde littéraire.

De la désillusion amoureuse, voici que Lucien va passer à la désillusion intellectuelle, tandis que lui aussi déçoit son lecteur tout comme il a déçu Mme de Bargeton. De même que dans la première partie étaient opposés les deux côtés d'Angoulême, l'artificieuse aristocratie et les amoureux angéliques de l'Houmeau, de même le Paris littéraire sera clivé par l'antithèse entre le Cénacle et les journalistes. Omniprésente axiologie morale qui ne s'est pas dessinée tout de suite. D'Arthez est absent du premier état du manuscrit[1]. Quant à Étienne Lousteau, d'abord prénommé Émile — comme Blondet, l'initiateur de Lucien dans *La Torpille* —, ce n'est pas d'abord un cynique. Il ne le deviendra que lorsque d'Arthez va entrer en scène, et pour lui servir de repoussoir.

À se reporter au premier état du manuscrit, on remarque de nouveau à quel point la première version du *Grand homme* était plus schématique ; à quel point le travail sur épreuves a été déterminant : pour étoffer la trame, enrichir les personnages, faire d'un canevas un texte polyphonique. De même que la première partie finissait sur la lettre de Lucien à sa sœur, clamant l'amertume de l'amant trahi, la seconde commence sur une lettre de Lucien à la même destinataire : autre effet de symétrie rompu par les corrections ultérieures. Cette lettre était alors livrée *ex abrupto*, munie de sa suscription (titre du chapitre Ier dans l'édition Souverain) : « À MADAME SÉCHARD FILS, PLACE DU MÛRIER À ANGOULÊME. Paris 25 7bre 1821[2]. » Point alors de cette transition pataude que Balzac éprouve le besoin d'écrire quand, ayant avancé la césure entre ses deux parties, il doit enchaîner les deux missives[3]. Mais, en revanche, à la suite de cette lettre inaugurale, Balzac avait recours à une phrase de soudure tout aussi empêtrée que l'autre[4]. Dans cette strate ancienne du manuscrit, Lousteau se prénomme Émile[5], Vernou a nom Saint-Jean Verdelin (ce qui fait penser à Saint-Marc Girardin et au Verdelin du *Tour de faveur*[6]), et Florine n'existe pas encore : figurante de l'Ambigu, puis actrice anonyme du Pano-

1. Voir A. Lacaux, « Le premier état d'*Un grand homme de province à Paris* », *L'Année balzacienne 1969*, p. 187-210.

2. Dans les brouillons, ce chapitre Ier a été intitulé : *Une lettre*.

3. « Quelques jours après, voici ce que Lucien écrivait à sa sœur » (p. 206).

4. « Cette lettre mise à la poste le matin explique la situation d'un nouvel habitué du <célèbre> restaurant (de) Flicoteaux » (f° 2).

5. Changement de prénom inauguré sur la première épreuve de *Béatrix*, après le 29 janvier 1839.

6. Pièce d'Émile Deschamps et de Hyacinthe de Latouche (1818), qui met en scène l'univers des théâtres, et qui a pu inspirer Balzac.

rama-Dramatique, elle ne sera Florine qu'après avoir été Jenny, puis Flora...

Plus importants que ces tâtonnements onomastiques, les changements de scénario. Dans un premier temps, après la lettre à Ève, venait l'évocation sommaire du restaurant Flicoteaux. Choisi par Lucien pour son bon marché, il l'était aussi, de manière un peu « téléphonée », en raison de sa stratégie d'arriviste voulant « pénétrer » le monde littéraire. Suivait la rencontre avec Lousteau, « maigre et pâle jeune homme » au « beau visage déjà flétri » — dont le portrait provient de *Vie et malheurs de Horace de Saint-Aubin*[1]. Puis, sans attendre (nous sommes au folio 4), on passait à la lecture à brûle-pourpoint que le poète infligeait au journaliste.

Dans cette partie du manuscrit, la réécriture a consisté à calmer les impatiences de l'auteur pressé et à donner un rythme plus vraisemblable à l'entrée du héros dans le monde littéraire. De là les ajouts qui viennent s'intercaler entre la première rencontre de Lousteau chez Flicoteaux (p. 211) et la lecture à lui faite des *Marguerites* (p. 251) : la vie de Lucien au quartier Latin (f°s 3 et 4 du manuscrit définitif), la visite chez Vidal et Porcher et la négociation manquée avec Doguereau (III. « Deux variétés de libraire[2] », f°s 6-11), la rencontre avec d'Arthez (IV. « Un ami », f°s 11-14), la correspondance avec David et Ève, le portrait des membres du Cénacle, qui ne sont d'abord que cinq[3] (V. « Les Fleurs de la misère », f°s 14-19). Puis, dans un second temps difficile à dater, Balzac a rajouté la scène de la première visite

1. Sur cette biographie qui ouvre l'édition des œuvres de jeunesse de Balzac chez Souverain, en 1836, voir notre « Dossier ».

2. D'abord intitulé sur le manuscrit : *Première variété de libraire*.

3. D'Arthez, Bianchon, Meyraux, Lambert et Chrétien.

au journal, où Lucien est reçu par l'oncle de Finot, « capitaine des dragons de la Garde impériale », grand rudoyeur de « pékins » (p. 249)[1]. Lucien a beaucoup vécu déjà quand il lit ses sonnets à Lousteau et reçoit de lui une amère leçon de vie. Au lieu que sur le manuscrit cette bordée venait avant toute épreuve, dans la version définitive elle acquiert une résonance dramatique. Entre-temps, d'Arthez et le Cénacle sont sortis des limbes : Lousteau prend désormais l'allure d'un professeur de cynisme, regardé avec méfiance par d'Arthez qui craint son influence délétère sur Lucien.

1. Cinq pages numérotées de A à E, en supplément au manuscrit de 136 folios, numérotés en continu.

LES SOUFFRANCES DE L'INVENTEUR

Les difficultés que Balzac a eu à entamer la rédaction d'*Un grand homme de province à Paris* après une pause forcée, il va les retrouver au moment d'avoir, trois ans plus tard, à relancer la mécanique pour sa troisième partie. Celle-ci semblait bien circonscrite, annoncée qu'elle était dans la Préface de 1839 (p. 689). Néanmoins, le 7 décembre 1842, l'auteur dit ses affres à Mme Hanska : « J'ai à faire le magnifique contraste de la vie de David Séchard en province, avec Ève Chardon, pendant que Lucien faisait toutes ses fautes à Paris. C'est les malheurs de la vertu opposés aux malheurs du vice. C'est d'une difficulté prodigieuse[2]. » Même hantise quatre mois plus tard[3]. Son inhibition vient du long temps d'interruption, de la pla-

2. *Lettres à Mme Hanska, op. cit.*, t. II, p. 132.

3. « C'est désespérant pour moi. La beauté pure d'Ève Chardon et de David Séchard ne pourra jamais lutter contre le tableau de Paris du *Grand homme de province à Paris* » (23 avril 1843, *ibid.*, t. II, p. 198).

titude de son sujet, de sa crainte de ne pas être au diapason, ni à la hauteur. Quittant les fastes bigarrés de la « vie d'artiste », il lui faut revenir à la « muette et sèche province ». Pire, faire de la littérature avec de bons sentiments. Chose dont il s'est plaint dans la Préface du *Père Goriot* (1835), où il oppose la rentabilité du vice, « multicolore, ondoyant, capricieux », et, « comme disent les marchands en parlant d'un châle, *très-avantageux* », à la vertu qui, « une et indivisible comme était la république », « n'offre au pinceau que des lignes d'une excessive ténuité[1] »...

1. *CH*, t. III, p. 45.

Balzac a beau avoir déjà gagné de tels défis, cette fois la tâche est rude. Plus de ces vanteries auxquelles il se livrait en 1833, dans la préface d'*Eugénie Grandet*. À l'inverse des « peintres littéraires » de Paris qui « veulent leur drame tout fait », il s'y louait d'avoir su « rendre des figures, au premier aspect peu colorées », « sonder une nature creuse en apparence[2] ». Ici le défi est du même ordre. Pourtant, un manque d'élan prévaut, dans lequel Balzac voit le signe de sa décadence : « Si la fatigue de mes facultés d'écrivain continue, je ne sais ce que je deviendrai[3]. »

2. *CH*, t. III, p. 1025.

3. 31 mars 1843, *op. cit.*, t. II, p. 181.

D'où la moindre réussite « du drame industriel, minutieux et nécessaire, qui constitue la plus grande partie des *Souffrances de l'inventeur* » : sa « forte autonomie freine l'élan de la trilogie[4] ». Exagérant ses travers, Balzac est allé jusqu'à reprendre dix-neuf fois ses épreuves. En raison des contraintes qui pèsent sur lui, l'auteur a dû se livrer à ce labeur chez l'imprimeur, à Lagny, au bruit des machines. Manière de se rapprocher de

4. R. Chollet, *CH*, t. V, p. 101.

son personnage, imprimeur aux abois et Sisyphe provincial ? Ou, au contraire, proximité trop grande, et qui a pu devenir gênante[1] ?

1. « Jamais l'auteur n'a été plus proche d'un personnage (proximité au demeurant qui a peut-être nui au personnage, prompt à sombrer dans la torpeur provinciale quand l'auteur s'écarte » (*ibid.*, p. 91).

Bien qu'il lui cause du souci, ce sujet des *Souffrances de l'inventeur* est loin d'être une nouveauté pour Balzac. Le titre est apparu dès 1832-1833 pour servir d'amorce à un roman sur Bernard Palissy. Puis, au printemps 1835, il a failli être utilisé pour la future *Recherche de l'absolu.* Mais Balthazar Claës s'est avéré un « inventeur » trop mystique, un alchimiste trop ténébreux. Aussi, de ce titre resté vacant, Balzac songe à faire un autre usage. Qu'eût été *Pierre Chaussin ou les Souffrances de l'inventeur*, roman resté à l'état de titre sur un carré de papier mais muni cependant d'une épigraphe en règle tirée de *Louis Lambert* : « Le monde est impitoyable pour l'inventeur[2] » ? Difficile à dire.

---

2. Lov. A 240, f° 133, fragment daté d'août 1836 par R. Chollet, et donc contemporain de la rédaction de la première partie d'*Illusions perdues.*

Pour traiter un sujet qui lui tient à cœur, Balzac hésite entre deux solutions : écrire un roman autonome, avec pour héros un personnage historique comme Palissy, ou un personnage fictionnel comme Pierre Chaussin ; ou bien, développer les amorces du « roman de l'inventeur » que contenait la première partie d'*Illusions perdues* — ce qui revient à transformer le personnage de David Séchard. C'est à cette solution qu'il se rallie.

Option d'autant plus problématique que l'auteur risque de déséquilibrer sa geste en donnant trop d'importance à ce second héros. Et choix d'autant plus malcommode que, dans l'épisode publié en 1837, rares étaient les amorces du « devenir inventeur » de David. Le narrateur s'est contenté de suggérer que le fils Séchard, simple artisan d'imprimerie, a eu la bonne idée de reprendre les recherches sur la fabrication du papier qu'avait entreprises le pharmacien Chardon. Autre maigre prémonition du « roman de l'inventeur » : quelques mots dans la bouche d'Ève Séchard, qui rangent son mari dans la catégorie familiale des « inventeurs[1] ». Amoureux adoubement, pour l'instant peu mérité. Mais manière de relier David aux autres inventeurs de *La Comédie humaine*, Balthazar Claës ou Louis Lambert, comme lui « maternés » par une femme aimante : Joséphine Claës, Pauline de Villenoix.

1. « J'avais deviné [...] que vous étiez un de ces inventeurs auxquels il faut, comme à mon pauvre père, une femme qui prenne soin d'eux » (p. 126).

Quand Balzac aura décidé de faire de David un inventeur, délaissant l'imprimerie pour la recherche, dévoré par sa passion comme Balthazar, il lui faudra réinjecter des préparations plus consistantes. Au nombre d'entre elles, le « petit traité sur l'histoire et la fabrication du papier » (p. 126-131) que, dans le Furne corrigé, il déplace de la troisième vers la première partie pour mieux assurer l'anastomose entre les deux pans extrêmes de sa trilogie.

Mais ce travail de soudure a déjà été entamé en 1839, lorsque, dans une de ces lettres d'Ève à Lucien qui ont pour fonction d'apporter un rai de lumière dans l'enfer parisien, celle-ci donne des nouvelles de son Prométhée de mari : « Il passe toutes ses journées à faire des expériences sur la fabrication du papier ; il m'a priée de m'occuper à sa place des affaires [...] » (p. 239). Ce qui lie les trois pans de la trilogie. « Le thème de l'inventeur, la grossesse d'Ève, la misère menaçante à Angoulême, l'imprimerie à l'abandon, tous les éléments du retour en province s'annoncent ainsi naturellement dans la fresque parisienne[1]. »

1. R. Chollet, *op. cit.*, p. 1249.

Mais est-ce bien là le désir de Balzac quand il se lance à écrire *Les Souffrances de l'inventeur* en 1842 ? D'autres signes invitent à penser qu'il a voulu donner certaine autonomie à ce dernier pan de son triptyque. Souci d'industriel, qui promet à ses chalands que *David Séchard* « offre un tout en lui-même, qui, bien que lié aux précédents ouvrages, s'en détache entièrement de manière à ne pas rendre indispensable la connaissance des événements antérieurs » (p. 696). Souci d'artiste aussi, voulant ménager un contraste entre les deux derniers pans de sa fresque.

Par ce choix dangereux tendant à déplacer le centre de gravité de son œuvre, si Balzac risquait de faire basculer toute la bâtisse, il pouvait aussi escompter d'écrire un roman « à la Dos Passos » : une fresque romanesque « ouverte », ayant pris acte de la relativité d'univers concomitants, unis par leur appartenance à une même tranche de la durée universelle, et communiquant entre eux par de fugaces transversales. Ce désir de « poète » a dû compter dans la genèse ambitieuse des *Souffrances de l'inventeur* : coup de dés de la part d'un romancier soucieux d'écrire mieux qu'une œuvre cyclique, une œuvre réversible.

Si la réussite n'est pas à la hauteur de l'ambition, Balzac est venu à bout de cette épopée de l'inventeur dont *Les Ressources de Quinola* n'avaient été, en 1842, qu'une approximation bien modeste, tant en raison de sa maladresse à manier l'instrument théâtral que du choix saugrenu de faire d'un Espagnol du XVIe siècle l'inventeur de la navigation à vapeur...

David Séchard a profité de ses recherches sur Palissy, dont l'ombre plane (p. 530). Balzac a aussi tiré partie de la spoliation dont a été victime Nicolas-Louis Robert, dépossédé par les frères Didot de son invention : une machine à fabriquer du papier continu[1]. Et il a injecté aussi les expériences douloureuses de son beau-frère, l'ingénieur Surville, inventeur rebuté d'améliorations pour les canaux et les chemins de fer[2]. Sans oublier ses propres fantasmes d'inventeur, toujours en quête d'un procédé pour s'enrichir : achat de terrains pour exploiter des scories argentifères en Sardaigne, ou idée mirifique de faire pousser des ananas sur le terrain en pente des Jardies, Seine-et-Oise...

En raison de tous ces investissements fantasmatiques, Balzac a fait des *Souffrances de l'inventeur* bien autre chose que le récit un peu mièvre du retour au bercail de l'enfant prodigue. À cette fin provisoire du cycle, plus terne, il a su communiquer l'emportement effréné qui caractérise les chefs-d'œuvre de ces années-là, *Splendeurs et misères*, *La Cousine Bette*, *Le Cousin Pons*. Un rythme échevelé qui fait de la tortueuse entreprise des frères Cointet pour s'emparer de l'imprimerie de leur concurrent une intrigue haletante, traitée avec tout le luxe

1. *Ibid.*, p. 96-97.

2. Voir A.-M. Meininger, « Eugène Surville, modèle réapparaissant », *L'Année balzacienne 1963*.

de rebondissements feuilletonesques qui conviennent à une affaire d'État. Rythme qu'on retrouve dans *Splendeurs et misères*, avec ses accélérations de roman d'espionnage et ses imbroglios juridico-policiers. Ce qui est normal puisque les deux entreprises ont été menées ensemble, Balzac publiant à deux mains *David Séchard ou les Souffrances de l'inventeur* (à partir de juin 1843, dans *L'État)*, et *Esther ou les Amours d'un vieux banquier* (du 21 mai au 1er juillet dans *Le Parisien*). De là, jeux d'écho entre les deux récits, disputant une course-poursuite chahutée, allégorique de la féconde entropie qui les travaille.

Au carrefour de ces chassés-croisés, le faux abbé. Puissant maître d'œuvre des reconquêtes de l'ambitieux vaincu, mais jaillissant d'abord à la fin de *David Séchard* à titre de *Deus ex machina* salvateur. Stoppant le suicide de Lucien pour permettre à son protégé de repartir à l'assaut des moulins à vent de la capitale. De manière à offrir à son créateur, ce Vautrin du bagne littéraire, un autre sauvetage providentiel : la chance de finir en beauté, par un rebondissement aguicheur, un récit qui ronronnait. Voici déjà que la machine s'emballe, allumée par la promesse d'une frétillante plongée dans le vice...

Miracle qui s'explique par la transfusion d'énergies en provenance du récit dévorateur qui est conjointement en train de sortir de sa plume. Et, en prime, la réussite de la problématique couture entre la fin d'*Illusions perdues* et le début de *Splendeurs et misères des courtisanes* : la mort symbolique de Lucien sur la route d'Angoulême, suivie de sa résurrection au bal de l'Opéra.

II L'INTRIGUE À VOL D'OISEAU

TROIS ROMANS EN UN

Est-il possible de ramener un roman polyphonique tel qu'*Illusions perdues* à un patron structural unique ? Si l'on se fie au titre, il s'agit d'un « roman d'apprentissage » qui obéit au modèle : *illusions juvéniles/perte des illusions*. Mais ce schéma se décline selon trois versions distinctes. Roman d'apprentissage d'abord, et sous un double aspect, négatif et positif : perte des illusions et acquisition d'un savoir « adulte » de la vie. Mais aussi roman de l'ambitieux, car, même si Balzac s'est donné un héros mal loti de ce point de vue, il ne saurait si facilement renoncer à ce modèle (qui a le défaut d'avoir déjà été mis en œuvre avec Rastignac, mais l'avantage d'avoir été le sien propre à son « début dans la vie »). Enfin, ce qui caractérise cet ambitieux problématique qu'est Lucien, c'est que, perdant ses illusions mais aussi sa pureté, il s'engage dans la voie de la corruption.

Bien sûr, ces trois romans distincts — apprentissage, ambition, corruption —

sont étroitement liés entre eux. Mais de distinguer leurs logiques entre-tissées permet de faire apparaître la complexité de la trame.

CONQUÉRIR LE MONDE

> « [...] ne pas réussir est un crime de lèse-majesté sociale » (p. 82).

C'est le paradoxe de ce roman du jeune homme pur qu'il est aussi un roman de l'ambitieux. Certes, l'ambition n'est pas la passion première de Lucien de Rubempré, ni non plus celle de son double « sage », David Séchard. L'un est trop velléitaire, l'autre trop belle « âme » pour cela. Mais Balzac a du mal à ne pas reproduire le schéma du roman de l'ambitieux — qui lui a si bien réussi dans *Goriot*. L'appétit de gloire conquise de haute lutte après une période de vaches maigres, cela fait partie de sa propre vie, mais aussi de son idéologie de la jeunesse. Car s'il partage l'idée commune d'un « jeune âge » matinal, angélique, celle qu'on trouvait dans *René* (1802)[1], et si c'est dans le moule de « l'enfant sublime[2] » qu'il a coulé son héros, il est trop homme de volonté luimême pour ne pas faire de cet « ange » un ambitieux.

Plusieurs fois, Balzac, recourant au protocole de la « description définie », désigne Lucien comme « l'ambitieux » (p. 133), « le jeune ambitieux » (p. 56), lui alloue la « rage de l'ambitieux repoussé » (p. 120). Amou-

1. « [...] il n'y a rien de plus poétique, dans la fraîcheur de ses passions, qu'un cœur de seize années. Le matin de la vie est comme le matin du jour, plein de pureté, d'images et d'harmonies ».

2. Voir J.-L. Diaz, « L'Enfant sublime », dans *Le Printemps des Génies. L'enfant prodige*, Robert Laffont, 1993, p. 133-153.

reux et illusionné, mais aussi intéressé et réaliste, tel est Lucien, chez qui l'aura de la jeunesse masque d'abord l'appétit de réussite. Ce que remarque le narrateur, programmant la victoire de l'ambition sur la noblesse d'âme : ses « dispositions d'ambitieux étaient alors comprimées par les belles illusions de la jeunesse, par l'ardeur qui le portait vers les nobles moyens que les hommes amoureux de gloire emploient avant tous les autres » (p. 52). Antienne développée ailleurs, dans un passage où Balzac tend a faire de cet *amoureux/ambitieux* un exemplaire enfant du siècle :

« L'ambition se mêlait à son amour. [...] En conviant aujourd'hui tous ses enfants à un même festin, la Société réveille leurs ambitions dès le matin de la vie. [...] La poésie voudrait qu'il en fût autrement ; mais le fait vient trop souvent démentir la fiction [...] pour qu'on puisse se permettre de représenter le jeune homme autrement qu'il est au XIXe siècle » (p. 82-83).

Puisque Balzac en fait la pulsion normale de la jeunesse, Lucien partage ce fonds commun d'ambition avec David : tous deux « poètes », mais tous deux aussi êtres de désir. Ce que sont tous les adolescents portés par leur « effervescence » première : des « parvenus » en puissance, ruminant « comme tous les jeunes gens, les moyens de réaliser une prompte fortune... » (p. 48). À l'évidence, la marque de l'auteur sur ses personnages. Si, par souci d'objectivité, il parvient à les écarter de lui, il a distribué à bien de ses créatures ses propres désirs de jeunesse :

devenir un grand homme et un grand citoyen, mais aussi faire fortune. Étrange tiercé invoqué dès 1819 : « Si je suis un gaillard [...], je puis avoir encore autre chose que la gloire littéraire, il est beau d'être un grand homme et un grand citoyen, tu sais si les richesses me tentent, je ne les aime que comme un moyen de gloire de plus[1]. »

Chez Lucien, l'ambition est généalogique : tout comme Albert Savarus[2], son défunt père a été un « ambitieux par amour ». En revanche, son rejeton dénaturé sera plutôt un « amoureux par ambition »... Mais comme dans l'univers balzacien l'ambition est la chose du monde la mieux partagée, elle est ici le ressort d'autres personnages : du Châtelet, la plupart des gens de lettres, « couvant une ambition démesurée » (p. 334), mais aussi Mme d'Espard (qui a « l'occulte pouvoir de la grande dame ambitieuse », p. 188) et même une actrice comme Florine, « enivrée d'ambition » (p. 439). Qu'elle soit « désir de conquête », envie de revanche ou appétit de fortune, c'est la *tension* sans laquelle *La Comédie humaine* serait privée de son électricité.

Avec Rubempré pourtant, Balzac a choisi de se mouvoir dans un territoire d'entre-deux, où, persistant à loger son fantasme, il l'attribue à un personnage qui n'en peut mais. Étranges chemins du réalisme... Car Lucien, comblé par la nature comme par son entourage, n'a pas cette faim tenaillée à un manque fondamental qui cheville l'ambitieux type.

Avec lui pourtant, il a en commun deux

1. Lettre d'Honoré à sa sœur Laure, septembre 1819, *Correspondance*, éd. R. Pierrot, Paris, Garnier, t. I, 1960, p. 42.

2. Voir *Albert Savarus*, *CH*, t. I, p. 938 et suiv.

pulsions « topologiques » : celle de *pénétrer* (dans le monde aristocratique), et celle de *monter* (dans la hiérarchie sociale). Lucien est de ces exclus qui veulent « s'introduire » (p. 56, 79) dans la société, « percer les épais bataillons de la tourbe aristocratique ou bourgeoise » (p. 85), non sans donner à l'entreprise l'allure d'un viol : violence sociale et arrivisme amoureux sont chez lui liés. Mais il est aussi de ces gens d'en bas qui veulent « monter à l'assaut des grandeurs » (*ibid.*), qui ont la « haute intelligence [de] l'homme de plain-pied avec toutes les sommités » et se voient injustement « jetés au fond de la société » (p. 48). Aussi est il normal qu'ils se vengent « de l'humilité de lcur position par la hauteur de leur coup d'œil » (p. 52).

Sans qu'il y ait chez Lucien de ces airs de plébéien vindicatif qu'a Julien Sorel, chez lui aussi il y a esprit de vengeance. Tout comme du Châtelet[1], Lucien programme comme une revanche la prise de Mme de Bargeton. De même, quand il se trouve sous le feu des sarcasmes de Mme d'Espard, « la rage, le désir de vengeance s'empar[ent] de cet homme dédaigné », et il se fait « Fouquier-Tinville pour se donner la jouissance [de l']envoyer à l'échafaud » (p. 201).

Le désir mégalomaniaque de « dominer [l]e monde » (p. 117), de « dompter la société » (p. 85), « de s'empare[r] de son siècle » (p. 82), lui aussi l'a en partage. Tout comme Julien Sorel et comme leur maître à tous, Napoléon. Balzac ne manque pas d'incriminer ce grand exemple, « si fatal au XIXe siècle par les

1. « La soumission de cette reine orgueilleuse serait la seule vengeance qu'il tirerait de cette sotte maisonnée de hobereaux » (p. 74).

prétentions qu'il inspire à tant de gens médiocres » (p. 85).

Chez Lucien tout comme chez Napoléon, la mégalomanie glorieuse cache une volonté de puissance dont la composante sexuelle est évidente : « Son génie luirait tôt ou tard comme celui de tant d'hommes, ses prédécesseurs, qui avaient dompté la société ; les femmes l'aimeraient alors ! » (p. 85). Comme Rastignac, il s'incite à la victoire par un cri de guerre qui retentit trois fois : « Je triompherai ! » (p. 202, 263 et 455). Manière de s'encourager, mais aussi de se mettre au pied du mur. Mais nous ne serions pas en Balzacie si ce commandement glorieux n'était doublé de son écho prosaïque : « Je serai riche ! » (p. 207)...

Quand c'est Mme de Bargeton qui dicte un tel programme, c'est dans le registre noble : « Vous déploierez vos forces, vous espérerez une victoire ! Votre lutte sera glorieuse » (p. 118). Mais cette grande dame sait manier aussi la simplicité romaine : « Sois grand, sache conquérir de la gloire [...] » (p. 140). Lucien n'est pas en reste pour dire sur le mode épique les choses de l'ambition : « N'ai-je pas une destinée à accomplir ? » (p. 164). Mais ce « parvenu » (p. 412) a aussi des attitudes moins huppées.

Lassé de peindre en image d'Épinal ses aspirations à la gloire, c'est parfois en termes d'« énergie » qu'il évoque ses tribulations de Napoléon en herbe (p. 211, 263 et 439). De là ses bouffées d'orgueil quand une voix lui crie : « L'intelligence est le levier avec lequel on remue le monde » (p. 185). Moments d'exaltation qui ne compensent pas son découragement quand il admet que c'est l'or qui est « la seule puissance devant laquelle ce monde s'agenouille » (p. 201-202).

UN AMBITIEUX PROBLÉMATIQUE

> « Avoir de l'ambition, mon petit cœur, ce n'est pas donné à tout le monde[1]. »

1. *Le Père Goriot*, *CH*, t. III, p. 137.

Cette thématique ambitieuse n'est pourtant pas le centre unique du roman. D'abord, parce que chez le jeune Lucien ses « dispositions d'ambitieux » se trouvent palliées par ses idéaux de jeune homme pur. Mais aussi parce que Balzac a fait de lui un être à la puissance problématique. Certes, son élégante faiblesse d'éphèbe n'est qu'une apparence : « [...] doué d'un esprit entreprenant, mais mobile », il a, à l'inverse de David, « une audace en désaccord avec sa tournure molle, presque débile » (p. 52). Mais très vite, pour le différencier de Rastignac, l'accent est mis sur la « mobilité de son caractère » (p. 195). Lucien manque de cette détermination canine qui fait les vrais parvenus. Papillon du Parnasse, pas assez taureau. Sa volonté de puissance est repue dès que les papilles de sa vanité sont flattées. Ce qui l'expose à l'ironie de son créateur : « Dans l'ivresse que lui causait une victoire [...], il prit une attitude [...] fière » (p. 90).

Sa débilité le terrasse lorsqu'il est confronté à de Marsay. Beau comme lui, il n'a pas « cette puissance à laquelle s'attachent tant les femmes » (p. 190-191). Lucien a beau vouloir « se mettre à la hauteur des dandies » (p. 199), il est trop porté à douter pour avoir cette sérénité qui les caractérise. Un même sentiment comparatif de faiblesse s'empare de lui face aux gens du Cénacle : « [...] je ne suis pas aussi fort que vous l'êtes. [...] Je n'ai pas des reins et des épaules à soutenir Paris, à lutter avec courage [...] » (p. 241). Claude Vignon le catalogue : « Vous êtes mince et fluet. Vous succomberez » (p. 466). Et le narrateur enfonce le clou : cet « ambitieux, sans volonté fixe mais non sans désir » (p. 384), capable de « ces éclairs de force qui trompent toutes ces natures à demi féminines » (p. 473), n'aura bientôt plus, sous l'influence de Coralie, cette « lucidité d'esprit [...] que les parvenus doivent employer à tout instant », car ses « dissipations » lui prennent son énergie (p. 412).

Autant d'annonces prémonitoires de la fin d'*Un grand homme de province à Paris* : l'échec de l'ambitieux, reconnaissant dans un mortel accès de lucidité qu'il est resté un enfant : « Qu'était-il dans ce monde d'ambitions ? Un enfant qui courait après les plaisirs et les jouissances de vanité, leur sacrifiant tout [...]. Sa conscience fut un impitoyable bourreau » (p. 460).

LES ILLUSIONS À PERDRE

> « Aussi passe-t-on une bonne partie de sa vie à sarcler ce que l'on a laissé pousser dans son cœur pendant son adolescence. Cette opération s'appelle acquérir de l'expérience » (p. 628).

Si la thématique ambitieuse est loin de rendre compte de tout le roman, c'est qu'elle est entravée d'abord par la générosité du jeune Lucien et par son inexpérience. Les conquêtes qu'il poursuit devront ainsi être doublées par la perte de ses scrupules initiaux et par ses apprentissages. Pas d'ascension dans l'ordre du « pouvoir » sans progrès dans l'ordre du « savoir ».

Mais avant que d'apprendre, il lui faut désapprendre. Long chemin marqué par des étapes qui coïncident avec celles qui scandent son ascension sociale. L'état initial est celui de l'illusion généreuse, dont Balzac fait l'autre versant de sa conception de la jeunesse : bouillante d'« inépuisables forces » (p. 53), mais aussi idéaliste. « Démonique » (Goethe), mais d'abord angélique. C'est l'âge où prévaut la « logique insensée des belles âmes » (p 83), à laquelle ne manquent pas d'obéir nos « deux jeunes cygnes » (p. 55). Car pour symboliser ses deux *poètes dans la vie*, Balzac a choisi ce volatile emblématique de la poésie élégiaque, dont ont fait grand usage les Muses Restauration.

« Timidités de la jeunesse » (p. 144), « pudeur » (p. 81), noblesse d'âme, telles sont les vertus de ces deux jeunes gens exemplaires. Seuls défauts, « l'exagération, ce mensonge des belles âmes » (p. 74), et l'absence d'« indulgence pour les fautes des autres » (p. 93). Mais le trait qui les caractérise le mieux, c'est bien l'illusion. Les « jeunes gens » ne vivent pas dans l'ici-maintenant, mais se trouvent constamment en état d'attente, de projet. Toujours, « montés sur des *si* » (p. 132), ils oublient leur « misère présente en s'occupant à jeter les fondements de leur renommée » (p. 53). Ce sont des « anges » que bercent des « rêves d'or » (p. 54 et 132).

Très vite pourtant, Balzac dissocie ses deux rêveurs. À David, plus « cœur d'or » (p. 56), revient la constance dans le dévouement, et un rôle plus effacé. D'autant qu'il va être associé à Ève, parangon de pureté, avec « son enfance si pure et sa conscience encore blanche » (p. 85). À Lucien, cet enfant gâté, le désir de briller, avec cette impétuosité d'âme qui le caractérise. À lui de vivre dans une « atmosphère pleine de mirages », d'autant que ses proches l'aident à « exhausser le piédestal imaginaire » sur lequel il se place (p. 139) Prélude à la perte de sa pureté : car, comme le formule doctoralement le narrateur, dès que « l'ambition commence les naïfs sentiments cessent » (p. 72).

Scandé par les conquêtes problématiques de l'ambitieux, le roman va l'être aussi par la perte des illusions, et par le processus connexe d'apprentissage. Le mot d'« illusion » revient lui-même sans cesse, marquant la régie herméneutique d'un narrateur qui prend soin de noter les progrès de son héros sur l'axe balisé qui des « belles illusions de la jeunesse » aboutit au « désenchantement » (p. 179). Mais c'est d'emblée que le processus de la perte des illusions se met en place. Il préexiste même à la carrière de nos jeunes gens, puisque la mort du père de Lucien a constitué un premier traumatisme à cet égard[1]. Marqués par ce funèbre renoncement, Lucien et David sont portés à douter. Toutefois, tandis que l'imprimeur est prêt à renoncer à l'« espérance » en raison du sentiment qu'il a de son « néant social » (p. 51), ce n'est que par stratagème romantique que, dans sa première lettre à Louise, Lucien étale ses « espérances perdues » (p. 83). Alors que David, faisant son deuil de la réussite glorieuse, reste sans faillir dans l'univers des « belles espérances », chez Lucien l'illusion va prendre une tournure mégalomaniaque.

1. « [...] il les avait élevés dans l'espérance de destinées brillantes qui s'éteignirent avec lui » (p. 46).

Amoureuse ou littéraire, elle n'a bientôt plus rien d'une idéale chimère, mais prend l'allure de désirs impatients : épouser Mme de Bargeton, obtenir la gloire littéraire, dominer le monde. Autant de fantasmes que le narrateur exprime au style indirect libre, singeant le langage inconscient du héros non sans le parasiter de signes d'ironie. Ainsi quand Lucien exprime sa certitude de conquérir Mme de Bargeton, au moment même où elle va lui échapper (p. 74). Ainsi lorsqu'il caresse son rêve de réussite littéraire à Paris : « Les gens illustres allaient lui donner l'accolade fraternelle [...] les libraires ouvriraient leurs caisses et lui diraient : — Combien voulez-vous ? » (p. 160).

Mais Lucien ne reste pas longtemps dans l'antichambre de l'illusion. Très vite ses rêves de puissance se heurtent au réel. Un soir, « ayant tué fantasmatiquement monsieur de Bargeton », il éclate en une de ces impérieuses injonctions dont ses pareils balzaciens sont coutumiers : « [...] eh bien ! je dominerai ce monde orgueilleux, j'épouserai Mme de Bargeton ! » (p. 131). Le narrateur s'amuse alors à faire que ce fantasme se cogne non au réel, mais à la réalité d'un autre fantasme, plus réalisable celui-là : le mariage entre David et Ève qui, par son côté fadement bourgeois, vient à la traverse des projets de Lucien. D'où son désappointement : « Il venait de se voir dominant la Société, le poète souffrait de tomber si vite dans la réalité » (p. 132). S'ensuit une délicieuse scène de malentendu, dans laquelle les deux amants, « aussi pleins d'eux-mêmes que Lucien était plein de lui », croient que le silence du poète à l'annonce de leur projet de mariage tient à son acquiescement ému...

Pour Lucien, le choc avec le réel sera l'incompréhension qu'il subit dans le salon Bargeton, « première expérience des ignorances et des froideurs mondaines » (p. 93) Échec facile à oublier, puisque la « reine » l'aime, pour l'instant, et qu'un désastre chez les aristocrates vaut consécration. Une désillusion sans recours l'attend en revanche à son arrivée à Paris : la rupture avec Mme de Bargeton, précédée d'un « désenchantement » réciproque « dont la cause était Paris » (p. 179). Dans sa lettre emphatique, Lucien l'impute à la trahison de sa maîtresse.

La prenant à témoin de son forfait, il s'y décrit comme un « pauvre enfant timide, plein de ces croyances nobles que plus tard l'homme appelle des illusions » (p. 204).

Puis, à la désillusion amoureuse succède la désillusion littéraire, annoncée d'emblée par Lousteau qui en a déjà subi le choc : « Mon pauvre enfant, je suis venu comme vous le cœur plein d'illusions [...] porté par d'invincibles élans vers la gloire : j'ai trouvé les réalités du métier » (p. 257). Mais long sera le chemin avant que Lucien ne finisse par reconnaître qu'« il est difficile [...] d'avoir des illusions sur quelque chose à Paris », parce qu'« on y vend tout, on y fabrique tout, même le succès » (p. 390). Longtemps cet ambitieux novice sera pris en flagrant délit par les sceptiques journalistes : « Dam ! dit Lousteau, ça conserve des illusions » (p. 360).

APPRENTISSAGES

Mais désapprendre ne suffit pas ; il faut aussi apprendre. Pour Lucien comme pour David, l'apprentissage s'est fait au lycée ; puis, pour David, dans l'atelier parisien des frères Didot (p. 31-32). Pour la petite Anaïs, l'éducation est dispensée par un abbé Niollant, « le meilleur élève de l'abbé Roze » : un prêtre, réfugié au castel paternel pendant la Révolution, et qui a payé l'hospitalité à lui offerte en faisant la « mâle éducation » de la jeune fille (p. 60). D'où chez elle cette supériorité un peu raide dont « les aspérités se seraient polies dans les hautes régions sociales » (p. 61).

Après cette « première éducation », reste à apprendre le « monde » et ses « impitoyables lois » (p. 85), connaissance que Lucien est censé recevoir, en prime de quelque amour, de Mme de Bargeton. Son auguste maîtresse ne répugne pas à compléter son éducation, au sens parascolaire du mot (p. 77). Mais elle a l'ambition aussi d'être l'initiatrice de son grand homme en herbe. Au poète, elle ne veut pas « laisser ignorer les dangers de la carrière que doivent parcourir les hommes de génie » (p. 80). De l'ambitieux, elle débride le cœur et l'esprit « des langes dont les avait enveloppés la vie de province » (p. 82), tout en lui donnant la connaissance des dessous de la société : « Elle souleva l'une après l'autre les couches successives de l'État Social » (p. 81). Soit donc l'éducation que Mme de Mortsauf donne par lettre posthume à Félix de Vandenesse (*Le Lys dans la vallée*). La même qu'Honoré a reçue de Mme de Berny...

Bon élève au sens scolaire, Lucien est peu doué pour apprendre « l'usage du monde ». Mieux loti cependant que David, à qui manquent ces « grandes petites choses » (p. 84), ses progrès sont lents. Longtemps le narrateur épingle les ignorances de ce « néophyte » (p. 264) : « Lucien ne savait pas, le pauvre poète... » (p. 106). « Lucien ignorait avec quel art le oui s'emploie dans le beau monde... » (p. 90). « Amant inexpérimenté » (p. 94), « novice en amour » (p. 138), « peu familiarisé avec la tactique du monde » (p. 106), il manifeste de surcroît « une complète ignorance de l'état des choses dans la République des Lettres » (p. 253). Ce « jeune rat sorti de son trou » (p. 169) va « de surprise en surprise » (p. 318), « voyage [...] d'étonnements en étonnements » (p. 294). « Ébahi » (p. 169), il « ouvre de grands yeux » (p. 173), commet des « bévues » (p. 212-213).

Ne sachant décrypter les comportements, il se trompe du tout au tout sur la psychologie de M. de Bargeton : « Au lieu de le prendre pour une borne de granit, Lucien fit de ce gentilhomme un sphinx redoutable » (p. 96). Ne perçoit pas l'ironie de Mme d'Espard (p. 189). Ne voit malice dans les louanges hyperboliques dont on l'accable à sa première apparition dans le salon d'Angoulême (p. 79).

Vient l'heure de l'« apprentissage » (p. 94) et des « premières expériences » (p. 93). Cela ne va pas sans étude : « Lucien étudia la démarche et les manières des jeunes gens, et fit son cours de belles manières [...] » (p. 204). Ni sans professeur. Pour « l'inexpérimenté jeune homme » (p. 264), son premier guide dans les arcanes du monde parisien, ce sera Lousteau, qui a déjà une « amère connaissance de la vie littéraire » (p. 212). Quant à Mme de Bargeton, c'est en sa cousine qu'elle trouve une initiatrice au grand monde. « Ravie d'avoir une élève pour faire école », Mme d'Espard scelle aussitôt un pacte avec son apprentie, dont elle veut faire sa « dame d'atour ». « Trésor encore plus rare parmi les femmes de Paris qu'un critique dévoué dans la gent littéraire », ricane le narrateur (p. 188)...

Mais il est aussi des lieux pour apprendre : Paris, et plus précisément certains endroits chargés d'une force pédagogique *sui generis* : la bibliothèque Sainte-Geneviève, mais plus encore les loges de l'Opéra ou la boutique de Dauriat : « Là, mon cher, un jeune homme en apprend plus en une heure qu'à pâlir sur des livres pendant dix ans » (p. 287). Autre « lycée », auquel Lucien sait qu'il faut être assidu, les cafés et les théâtres : « On apprend plus de choses en conversant au café, au théâtre pendant une demi-heure qu'en province en dix ans » (p. 208). Propos de bon élève appliqué, qui ne va pas tarder à subir les « tombées de neige de l'expérience » (p. 261). Mais cela avec des paliers que marque le narrateur.

Grâce à la « cruelle leçon d'Étienne » qui « ouvre des cases » dans son imagination (p. 363-364), Lucien reçoit « une initiation aux mystères du journal » (p. 357). Mais après les « perfidies du journalisme », reste à connaître celles du monde. Les ignorer, c'est un péché majeur pour un futur écrivain, remarque Lousteau (p. 400). Cet apprentissage sera lent. D'autant que Coralie n'a pas l'étoffe d'une initiatrice : « [...] une actrice, excellente fille, mais sans éducation, pouvait-elle lui apprendre la vie ? » (p. 410). S'il apprend vite le whist (*ibid.*), Lucien manque de tact (p. 457). Se croyant un grand politique mais restant un enfant (p. 413), il fait des bourdes d'ambition. De quoi ménager l'entrée en scène *in extremis* du Mentor du bagne. Et nous voici repartis pour ce cycle supérieur de formation que sera *Splendeurs et misères des courtisanes* où, désillusionné sans retour, le héros entre résolument dans le cycle de la corruption.

DE L'APPRENTISSAGE À LA CORRUPTION

« Il signerait volontiers demain un pacte avec le démon, si ce pacte lui donnait pour quelques années une vie brillante et luxueuse » (p. 504).

C'est une constante des apprentissages romantiques qu'ils supposent un passage obligé par la débauche et une connaissance des « dessous ». En 1834, le thème a été magistralement orchestré par Musset, dans *Lorenzaccio*. Perdant lui aussi ses illusions et faisant l'expérience de l'abjection, le héros finit par en venir à une connaissance de plongeur atterré : « L'Humanité souleva sa robe et me montra, comme à un adepte digne d'elle, sa monstrueuse nudité[1]. » Avec Lucien, moins absolu dans sa quête, Balzac, « plongeur littéraire[2] », explore une autre pente du thème : la corruption d'un être pur qui, par faiblesse, glisse des « palmes du génie » à « l'infamie des bagnes » (p. 82).

Préparant cette autre trame, Balzac indique d'emblée cette tare originelle chez son cygne. Ses hanches « conformées comme celles d'une femme » annoncent la « dépravation particulière aux diplomates » (p. 52). Péché commun à toutes les « grandes intelligences », qui comprennent « forcément toutes choses, les vices aussi bien que les vertus ». Mais aussi vice secret d'une nature féminine, accessible aux tentations. En cela, bien plus « Ève » que sa sœur[3].

D'emblée, apprentissage et corruption sont liés. Sa première initiatrice « abond[e]

1. *Lorenzaccio* [1834], acte III, sc. 3.

2. Voir *Le Père Goriot*, *CH*, t. III, p. 59.

3. « Lucien mordit à la pomme du luxe aristocratique et de la gloire » (p. 81). — Mais l'« Ève des coulisses », c'est néanmoins Coralie (p. 336).

dans les vices secrets de Lucien et avanc[e] la corruption de son cœur » (p. 82). Premier stigmate, Lucien accepte de quitter Angoulême sans assister à la noce de sa sœur : « [...] dernier soupir de l'enfant noble et pur » (p. 161). À Paris, il mène d'abord « la vie innocente et pure des pauvres enfants de la province » (p. 213), se maintient dans la « sainte voie du travail et de l'économie » (p. 214). Mais « né poète, soumis bientôt à d'immenses désirs », il se trouve « sans force contre les séductions » (p. 213) : le Palais-Royal, « lieu de perdition » (p. 214), le luxe du grand monde, agissant « sur son âme comme une fille des rues agit avec ses chairs nues et ses bas blancs bien tirés sur un lycéen » (p. 332).

Dans les coulisses du théâtre où se produit Coralie, il respire le « vent du désordre et l'air de la volupté ». Premier « narcotique » délétère : « Dans ces sales couloirs encombrés de machines et où fument des quinquets huileux, il règne comme une peste qui dévore l'âme » (p. 308). Mais à Paris, l'épicentre de la corruption est dans ce cercle infernal où Lucien va se risquer : le monde des journaux, Parnasse des enfers. « Abîme d'iniquités, de mensonges, de trahisons que l'on ne peut traverser et d'où l'on ne peut sortir pur, que protégé comme Dante par le divin laurier de Virgile » (p. 242). Plus le Cénacle lui en barre l'accès, plus Lucien veut descendre dans l'arène pour se livrer aux bêtes (p. 263). Car, comme le dira la « Préface de la deuxième partie » en une formule qui a un étrange accent hugolien, « les abîmes ont leur magnétisme » (p. 693).

La chute de Lucien va être plus morale que physique, la corruption n'ayant pas ici les aspects stigmatisants qu'elle a chez Lorenzaccio. Après tout, la prostitution n'est pour lui que cet abaissement qu'il réprouve en voyant Nathan « prostituant la muse à un journaliste, y humiliant l'Art comme la Femme était humiliée, prostituée sous ces galeries ignobles » (p. 281). Ce qui le menace, c'est une trahison, annoncée de manière prémonitoire par d'Arthez[1]. Lucien est-il un homme d'honneur, saura-t-il se « conserver pur », garder sa « propre estime » (p. 436) ? Ou bien va-t-il se faire « Judas » (p. 442), se laisser corrompre par le cynisme des journalistes, et par les appas de la belle Coralie ?

1. « Avant que le coq ait chanté trois fois [...] cet homme aura trahi la cause du Travail pour celle de la Paresse et des vices de Paris » (p. 241-242).

Sur lui, plane la menace d'être absorbé par Paris, « étrange gouffre » (p. 206). Abîme infernal, où l'on tombe dans la « fosse du malheur » (p. 261), mais aussi « grand chancre [...] dans la vallée de la Seine » (p. 320). Et, du fait de cette métaphore, c'est la ville tout entière qui porte les stigmates d'une syphilis géante. « Bourbier des voluptés dangereuses » (p. 466), la capitale évoque des images de boue et de prostitution, qu'on retrouve dans le « boueux boulevard Bonne-Nouvelle » (p. 473) où se prostitue Bérénice. Images qui valent aussi pour les Galeries-de-bois, « bazar ignoble », « hangar impudique », « sinistre amas de crottes » (p. 273), tout comme pour les coulisses du théâtre où se produit Coralie (p. 298), « sales couloirs [...] où fument des quinquets huileux » (p. 308).

Inévitable, la chute de cet « homme tout jouissance [...], attiré par les abîmes de

Paris » (p. 319). Un pied « dans le lit de Coralie », un autre « dans la glu du Journal » (*ibid.*), le voilà qui glisse « sur la pente du précipice où il devait tomber » (p. 325). Car si le roman de l'ambition était un roman de l'ascension, le roman de la corruption suppose une topologie inverse. Ce qui noue une structure oxymorique : la montée au Parnasse sera une chute dans l'enfer.

III LE PERSONNEL DU ROMAN

Roman polyphonique, *Illusions perdues* ne l'est pas seulement en raison de la complexité des logiques qui structurent son intrigue. Il l'est aussi par l'abondance de ses personnages : ils forment à eux tous une *Comédie humaine* en réduction, plus foisonnante encore en raison du principe des personnages réapparaissants. Abondance réglée pourtant : car, général en chef habile à déployer ses troupes, Balzac sait les étager sur plusieurs plans.

PRIVILÈGES DU HÉROS

Balzac a beau avoir voulu se donner un héros en partie double, la prééminence de Lucien est évidente. Des « deux poètes », c'est lui qui soutient le plus continûment l'action, lui qui a la psychologie la plus fouillée. Dissymétrie qui se fonde sur le caractère des deux amis : effacement de David le modeste, mise en relief de Lucien l'audacieux. Tandis que l'immobile imprimeur, rivé à sa casse comme à son ménage, ne bouge pas de l'Houmeau, ne franchit pas le Rubicon parisien, Lucien, lui, a le privilège d'une triple mobilité : géographique, sociale, psychologique. Ce qui fait de lui le *leader* incontesté de cette longue histoire, ce n'est pas seulement sa quasi constante présence en scène ; c'est sa faculté de changer, d'avoir des aventures, de se soumettre aux chances du succès. Capable de surprendre, focalisant l'attention sur les aléas de son existence, il est aussi le personnage « problématique », dont les émois sont offerts en priorité à la rêverie identificatrice du lecteur.

Malgré ses archives autobiographiques, rien pourtant d'un personnage « intime ». Pas de traces de complaisance narcissique : celles qu'on détecte dans les récits de jeunesse de Raphaël ou de Félix. Au contraire, comme Fabrice dans *La Chartreuse de Parme*, Lucien est presque toujours vu « de l'extérieur ». Comme lui, il est sous la coupe d'un narrateur-Mentor qui, après l'avoir accompagné dans ses rêves juvéniles, l'attend à chaque tournant. Non sans agrémenter ses jugements de ce brin de jalousie naturel à un quadragénaire tassé à l'égard d'un éphèbe trop verni...

Si le procédé risque de lasser, en proposant un fréquent étalonnage des progrès du héros dans la voie des apprentissages et des perversions, il offre l'avantage d'une relative objectivité, qui tient à la stéréoscopie des points de vue. Partagé entre les illusions du héros et la désillusion *a priori* du narrateur, entre le non-savoir de l'apprenti et le savoir du maître, le récit se déploie sur une large gamme de modalités, et offre à son « usager » des places diverses.

APPARTENANCES ET COMPARAISONS

Le privilège du héros ne tient pas ici à sa différence radicale. Tout au contraire, il est pris dans un système d'englobements et d'étalonnages. Le voici amalgamé à des instances collectives aménagées pour les besoins de la cause, dont chacune est censée expliquer un pan de son caractère : les « jeunes gens », les provinciaux, les aristocrates pauvres, les méridionaux, les ambitieux, les « poètes », les « néophytes[1] », etc. Le voici, d'autre part, comparé à des doubles ou bien à des personnages *contre-épreuve*, David, puis les divers rivaux que le grand homme de province aura à affronter sur la scène parisienne, écrivains ou dandies.

Constants les énoncés du type : « comme tous les jeunes gens... », « comme tous les poètes », « comme tous les ambitieux, Lucien... », etc. Reléguant aux yeux des « modernes » la poétique balzacienne du roman dans l'archaïsme, ces « typifications » sont un des procédés les plus visibles du roman de mœurs tel que Balzac l'« invente ».

1. Le mot fonctionne souvent comme une « description définie » pour désigner Lucien (p. 211, 242, 265, 317, 335, 354, 356, etc.).

Mais elles ont pour excuse leur abondance même, qui donne aux catégorisations à l'œuvre l'allure non d'une procédure de classement mais d'une course-poursuite sans fin. Comme si le narrateur s'épuisait à enserrer une réalité trop riche dans une infinité de catégories mouvantes, tentant de circonscrire son fuyant personnage dans une trame herméneutique modulable.

Ainsi dans le portrait initial de Lucien : en l'espace de deux pages (p. 50-52), le voici affilié à une liste impressionnante de collectivités potentielles, au confluent desquelles il est censé exister. Dans l'ordre du texte, les « femmes », les « enfants », les « anges tristes », les hommes bien nés, les « hommes fins », les « diplomates », les « grandes intelligences », les « jeunes gens », les « hommes méconnus », les « gascons », les « ambitieux », les « hommes amoureux de la gloire », les « esprits mobiles », les gens caractérisés par la « furie française[1] » ! Autant de tentatives, de la part d'un narrateur incertain de son personnage, pour lutter contre son caractère volatil...

Le narrateur balzacien s'emploie aussi à faire naître son personnage par différenciation. C'est sur un contraste très élaboré qu'il appuie le premier portrait en diptyque qu'il trace de Lucien et de David. Profitant d'un rayon de soleil attardé qui caresse les deux poètes et met en relief leurs traits, il fait ressortir « le contraste produit par l'opposition de ces deux caractères et de ces deux figures » (p. 50). Suit une évaluation comparative des deux physionomies, ainsi que des caractères qu'elles sont censées révéler. Évaluation que

1. Au nombre desquels il faut compter Balzac lui-même, si l'on en croit Davin (« Introduction aux *Études philosophiques*, *CH*, t. X, p. 1202).

Balzac se plaît à compliquer en insistant sur une surprenante inversion des signes, que seul révèle un « second examen ». David est fragile au fond, malgré son « large buste », tandis que Lucien est hardi malgré son apparente effémination (p. 53). S'institue un étalonnage complexe faisant appel à la logique binaire. Le parallèle central entre Lucien et David se monnaie en comparaisons secondaires : entre l'apparence physique de chacun d'eux (sa « figure ») et la réalité de son « caractère » ; entre ce que livre le premier examen et ce que livre le second, entre les deux personnages et leurs modèles littéraires ou artistiques (Silène et les chanoines de Boileau, pour David ; la pose — malcommode à imaginer — que les sculpteurs donnent au « Bacchus indien » pour Lucien), entre les animaux totémiques qui leur correspondent : le bœuf pour David, l'aigle pour Lucien, etc. Le relief du personnage provient ainsi de l'addition problématique de ces affiliations.

CONTRASTES ET AMBIVALENCES

Autre privilège du héros, les contradictions qui l'habitent. La duplicité de Lucien, ses ambivalences sont constamment rappelées. Cette thématique atteint son comble lorsque d'Arthez, psychanalyste improvisé, plaque sur lui ce diagnostic sans appel : « Tu ne seras jamais d'accord avec toi-même » (p. 240). Mais elles sont énoncées dès son premier portrait. Ainsi, de la contradiction entre son apparente faiblesse et son caractère entreprenant. Ainsi de l'« interposition de rôles » entre David et Lucien qui concerne leurs prédispositions intellectuelles : « Quoique destiné aux spéculations les plus élevées des sciences naturelles, Lucien se portait avec ardeur vers la gloire littéraire ; tandis que David, que son génie méditatif prédisposait à la poésie, inclinait par goût vers les sciences exactes » (p. 48).

Mais d'autres « dessous » de ce « caractère » dont le narrateur s'emploie par avance à explorer les contours ne sont signifiés que sous le sceau du secret. Ainsi de sa bisexualité potentielle, ou de sa tendance à la « dépravation » (p. 52) que contredit sa « suavité divine » (p. 51). Au total, au lieu que le héros soit d'emblée défini, il est un être à l'état prolongé d'ébauche, dont l'identité est en devenir.

MÉTAMORPHOSES

Au fil des événements, il se laisse remodeler par la vie. Changeant dès que Mme de Bargeton l'admet dans son intimité, il adopte une « nouvelle attitude » (p. 140). De poète timide, le voici « amoureux exigeant » (p. 147). La métamorphose est si complète que David a « peur de la transformation qui s'opérait chez Lucien » (p. 143). Plus tard, c'est de nouveau un « changement » (p. 357) que produit son initiation aux mystères du journal : « Son âme, son cœur et son esprit s'étaient également métamorphosés » (p. 391). Nouvelle « métamorphose » quand il « passe » dandy (p. 399). Et si profonde que Mme de Bargeton le prend pour son sosie : « Vous ne vous ressemblez plus [...] Vous vous êtes métamorphosé si promptement [...] que je ne vous ai pas reconnu » (p. 401). Enfin, c'est à une transmutation de tout son être qu'il va se prêter lorsqu'il laisse à son Pygmalion infernal le soin de redéfinir son moi. Ce qui justifie la goguenardise de Bixiou, au début de *Splendeurs et misères des courtisanes* : « Notre cher Lucien recommence les *Métamorphoses* d'Ovide. De même que les dieux se changeaient en de singuliers légumes et autres, pour séduire des femmes, il a changé le Chardon en gentilhomme [...][1]. »

1. *Splendeurs et misères des courtisanes*, *CH*, t. VI, p. 439.

LE REGARD SUR SOI

C'est un autre des privilèges du héros qu'il ait la capacité de s'observer lui-même. Par là, le personnage quitte son statut de marionnette à la discrétion de l'auteur : il n'est plus simple acteur, il se recrée expérimentalement au fil de ses introspections. Chez Balzac, ce privilège reste limité à certains tournants de la narration. Pas d'auto-analyse au début : c'est le narrateur qui nous dit les espoirs de cette âme au seuil de la vie. En revanche, dès qu'il y a doute sur lui-même, c'est à Lucien qu'il revient d'explorer ses limites avec amertume. Non, il est vrai, au moyen d'une analyse intime, mais par un jugement comparatif soumis au *diktat* social.

Ainsi lorsque, première crise, Lucien, projeté dans le monde parisien, s'aperçoit de son peu de valeur. Faisant un « violent retour » sur soi (p. 182), il éprouve « comme une immense diminution de lui-même » (p. 177). Ainsi lorsqu'il est mortifié d'apprendre que Châtelet a été fait comte tandis que l'ordonnance qui devait lui-même l'anoblir a été déchirée par le ministre. S'ensuit une appréciation amère dans laquelle il *introjecte* le jugement de ses ennemis sur lui, lors d'une errance entre place Vendôme et boulevard de Gand, « perdu dans ses réflexions » (p. 460).

De quoi nous faire entendre que si Lucien a des restes de conscience morale, il n'a pas d'intériorité autonome. Pas de regard sur soi libre du souci d'autrui. Aliénation spéculaire qui n'est jamais plus nette que lorsque le provincial, jaloux de voir s'en retourner ensemble Mme de Bargeton et M. du Châtelet, se demande avec inquiétude : « Que vont-ils dire de moi ? » (p. 180).

LE REGARD DES AUTRES

Point ici de personnage qui échappe au jugement social. Mais c'est un autre des privilèges du héros que la multiplication des points de vue sur lui : facteur de complexité pour ce personnage hors série. Être à facettes, soumis à la variabilité de son propre jugement, Lucien est aussi le lieu de convergence des regards. Ce qui entraîne une vision binoculaire.

Visions idéalisantes d'abord : sa mère et sa sœur placent leurs espérances sur son « beau front de poète » (p. 48). David se sacrifie à son idole : « Sois heureux, je jouirai de tes succès, tu seras un second moi-même. » De Lucien, Mme de Bargeton a elle aussi une image positive, dans le registre poétique cette fois. Ce que le texte nous suggère en pratiquant une focalisation interne qui fait que toutes les caractérisations de Lucien se mettent à indiquer non la réalité objective du personnage mais la vision magnifiée qu'en a la reine d'Angoulême, sûre d'avoir déniché l'oiseau bleu : un « grand homme futur » promis à surpasser en éclat le « lever sidéral des autres constellations parisiennes » (p. 71). Soit le préposé idéal pour tenir l'emploi vacant du « poète » : charme, idéalisme, physique à l'estompe. De quoi permettre à la dame de beurrer ses plus belles « tartines » sur les destinées tragiques des génies, tout en ne perdant pas de vue l'« excessive beauté » de l'élu (p. 73)...

Tout au contraire, aux yeux de l'Angoulême noble Lucien n'est que le « fils d'un apothicaire et d'une garde-malade, dont la sœur est une grisette » (p. 113). Non pas un poète, mais un « petit poétriau » (p. 78). Non pas un « aigle » (p. 53, 80) ni un « cygne » (p. 55), mais un « chardonneret du sacré bocage » (p. 79). Tout juste ce que mérite à titre de volatile totémique un poète du nom de Chardon... Aussi s'attire-t-il de la part de la coterie d'Angoulême des appellatifs en forme de bons mots : « Chateaubriand de l'Houmeau » (p. 78), « plus bel ange de l'Olympe angoumoisin » (p. 151). Dérisoires cartes d'identité à l'emporte-pièce.

Cette vision négative du personnage va se trouver emblématisée, dès Angoulême, par son hirsute patronyme : un nom trivial qui, prononcé avec la grimace convenue, le ravale à terre. Ce qui revient à faire en sens inverse la merveilleuse métamorphose qui, du « petit Chardon », a engendré « M. de Rubempré » (p. 142).

Clivé d'origine par ses deux noms inconciliables, Lucien va l'être tout au long du roman par les regards dissemblables que les autres jettent sur lui. Regards nombreux puisque, placé au centre de la scène, tous l'ont en point de mire. Regards changeants, ce qui augmente la profondeur de champ. Ainsi de Mme de Bargeton : sitôt à Paris, elle voit son ange par les yeux de l'altière marquise d'Espard. Ayant recours à la structure d'évaluation triangulaire mise en lumière par René Girard[1], elle se mord les lèvres lorsqu'elle intercepte un regard dédaigneux de sa cousine qui dit à quel point son Adonis de province est denrée commune aux yeux d'une marquise parisienne (p. 190).

1. Voir *Mensonge romantique et vérité romanesque*, Bernard Grasset, 1961.

COMMENT CLASSER LES PERSONNAGES ?

Si ce roman se plaît à multiplier les points de vue sur son problématique héros, il ne le peut qu'en raison de sa nombreuse distribution.

Les personnages forment ici toute une population, qui se laisse classer en fonction de plusieurs critères : objectifs (hommes/femmes, Angoumoisins/Parisiens, nobles/ bourgeois), ou romanesques (en vertu de leur rôle dans l'intrigue). On peut ainsi distinguer les différents cercles de cet univers humain qui se dispose hiérarchiquement entre deux extrêmes : le héros au sommet, les « personnages génériques » à la base (ceux que le narrateur ne désigne que d'une formule évasive : « un observateur », « un espion », « un passant », etc.). Mais il n'est pas moins efficace de les classer en fonction de leur « emploi ».

Un peu à part, David Séchard, double dégradé du héros, héros lui-même d'une intrigue parallèle, mais aussi repoussoir et enfin juge de Lucien.

Puis, les *femmes* qui, comme dans toute *La Comédie humaine*, sont à la fois objets d'amour et insignes de pouvoir (Mme de Bargeton, Coralie et Ève Séchard).

D'autre part, les *initiateurs* : Mme de Bargeton d'abord (qui occupe, on le voit, plusieurs rôles) ; puis, Lousteau et d'Arthez, et, pour finir par une leçon de ténèbres, l'abbé.

Dans une quatrième catégorie, plus disparate, on pourrait ranger tous les *opposants*, comme on aurait dit au temps de l'analyse structurale du récit : le père Séchard, le baron du Châtelet, Camusot et les frères Cointet : êtres vulgaires à divers titres qui, non contents d'entraver l'essor des protagonistes juvéniles, sont leurs vivantes antithèses par leur manière d'être la réalité têtue.

Au lieu de les considérer à part, nous les retrouverons comme participant à ces différents *mondes* auxquels donne consistance ce roman sociologique qu'est *Illusions perdues*.

L'AUTRE « POÈTE »

David a une place singulière. Double du héros, se transformant au cours de la genèse en héros de ce « roman de l'inventeur » qui se déploie dans la troisième partie, David est l'antithèse de Lucien. Antithèse sur fond d'homologies, pour mieux faire ressortir les oppositions. Comme Lucien, David est un jeune homme de province, également pur, et méritant à ce titre le nom de « poète », au sens mystique du mot. Comme lui, David est engagé dans une aventure amoureuse. Comme lui, il est un homme d'étude, « dévoré par l'amour de l'art et de la science » (p. 53), mais refréné par sa condition sociale. Et il est, lui aussi, porteur d'une noble ambition.

Mais d'emblée, entre les deux « poètes », des contrastes sont marqués. Sur le plan physique, tandis que Lucien est mince et beau, David est lourd et laid : « gros cou », « lèvres épaisses ». Ce qui lui vaut comparaison avec le physique conventionnel des chanoines. Mais Balzac, qui en David trace son autoportrait, corrige cette première impression par un « second examen » : technique de palimpseste qui lui est familière. Dans les replis tourmentés que forment ces rotondités en apparence heureuses (sillon des lèvres, fossette du menton, fente du nez), il détecte les signaux d'une autre identité : « sagacité du penseur », « éclairs du génie qui s'élance ». Données corrigées à leur tour par une autre composante : l'absence d'assurance du « pauvre imprimeur », opprimé par le sentiment de son néant (alors que Lucien, fragile en apparence, a la pétulante assurance du Gascon).

Sur le plan intellectuel, l'opposition est celle du « savant » et du « penseur » avec le « poète ». Sur le plan social, celle du quasi-ouvrier avec l'« homme bien né ». Sur le plan politique, celle de l'opposant déterminé avec le libéral opportuniste. Sur le plan éthique, celle de l'« homme juste » (p. 52) avec l'esprit facile à séduire. Sur le plan géographique, celle de l'homme du Nord tenace avec le Méridional inconstant. Enfin, sur le plan ethnique (qui, curieusement, se loge ici sous la chaussure !), à Lucien, le Franc au pied courbé, s'oppose David, le Welche aux pieds plats (p. 84)... Au total, une infériorité évidente, d'ailleurs reconnue par ce « bœuf » (p. 53). Se consacrant à l'« agriculture patiente », il jouera les utilités dans le vol de l'« aigle ».

Cependant, cette attitude initiale n'empêche pas l'intègre David de fonctionner bientôt comme un étalon des progrès de Lucien dans la voie de la corruption. Le voici transformé en juge, faisant peser sur sa tête la symbolique « hache de Phocion » (p. 83), jetant sur lui la « clarté d'un regard qui allait au fond de l'âme ». Avant la mère et la sœur de Lucien qui en restent aux « nobles mensonges qui ne trompent point » (p. 570), c'est lui qui tremble de voir l'enfant prodigue sur la « mauvaise voie ».

Pour compliquer cette antithèse cousue de fil blanc, Balzac a donné à ce juste quelques faiblesses : celles de l'« inventeur » qui, emporté par sa recherche, met en péril la sécurité de sa famille. Aussi David est-il un dilapidateur inconscient, dont l'« incurie » (p. 45) l'expose au jugement sévère du narrateur. Heureusement, sa femme a les pieds sur terre. Fourmi auprès de cette cigale, qui a la générosité de voir en lui un « Prométhée dévoré par un vautour » (p. 239)...

DU CÔTÉ DES FEMMES

UNE « SAINTE CRÉATURE[1] »

Sœur dévouée de Lucien, épouse modèle de David, Ève est doublement liée à l'action centrale du roman. Longtemps dans l'ombre, elle jaillit en pleine lumière dans la troisième partie, à titre d'adjuvant de son mari et de cheville ouvrière du combat qu'ils doivent mener contre les frères Cointet. Femme par la douceur et l'oblativité, non par la séduction et la coquetterie, dans la galerie des femmes de Balzac, Ève, la mal nommée, fonctionne à titre de contraste : figure du Bien dans l'Empire du Mal. Dévouée et généreuse dans ce monde d'ambitions, c'est une des rares « femmes vertueuses » que Balzac peut ajouter à la liste de celles dont il a fait l'appel, dans la Préface

1. « La sainte créature, elle ignorait que là où l'ambition commence, les naïfs sentiments cessent » (p. 72).

du *Père Goriot*, pour tenter de convaincre qu'il sait aussi faire de la littérature avec les bons sentiments...

Dans la première partie, Ève Séchard est la sœur idéale de son génie de frère, Balzac songeant à sa sœur Laure pour évoquer la relation qui les unit. Plus le futur grand homme est égoïstement plongé dans son rêve d'ascension, plus elle se confine dans un rôle ancillaire. Car, tout comme la mère qui garde les femmes en couches, la sœur, contremaître chez une blanchisseuse, fait preuve d'un « dévouement [...] sans bornes » (p. 47) à l'égard de l'enfant prodigue.

C'est au moyen d'une scène délicieusement léchée que se noue la relation entre David et Ève. En cette « Soirée au bord de l'eau », pendant idyllique à la décevante « Soirée dans un salon[1] », deux « belles âmes » scellent un pacte, faisant assaut de modestie. À la « respectueuse terreur » (p. 121) qui saisit l'amoureux, répondent les scrupules d'Ève qui, « ouvrière sans avenir », n'osait espérer « une si grande destinée » (p. 124). Ce à quoi le futur répond en se ravalant aux pieds de sa déesse : « Vous êtes un ange, et je suis un homme » (*ibid.*). S'ensuit une distribution des rôles plus pragmatique : à lui de courir les champs de la pensée, tandis qu'elle fera preuve de la « patiente attention du vrai commerçant » (p. 125). Déclaration d'amour dans le registre prosaïque, destinée à faire contraste avec l'idylle aristocratique qui s'est nouée sur les hauteurs de l'Angoulême noble. Et qui vaut comme un manifeste — un peu inattendu de la part de Balzac —

1. « La soirée dans un salon, la soirée au bord de l'eau » : c'est là le titre de ce chapitre dans l'édition originale.

en l'honneur de la moralité des laborieux ménages bourgeois. Des idées qu'on va retrouver sous peu chez Émile Augier et ses congénères « bonnet de coton » de l'« École du bon sens »...

Une fois unis par les « accordailles des gens pauvres » (p. 133), les Séchard fonctionnent comme des « anges gardiens » (p. 213) de Lucien, mais aussi comme l'antithèse petite-bourgeoise à la vie dissolue qu'il mène. Ève est l'épouse qui établit « économiquement les choses nécessaires à un jeune ménage » (p. 143), tandis que, côté Lucien, elle reste la divinité tutélaire d'« une sphère d'affections vraies » (p. 206).

Enfin, dans la troisième partie, l'ange devient commerçante (p. 486). Bien qu'enceinte, elle prend en charge toute la partie commerciale de l'entreprise. Dévouement typiquement féminin, dit le narrateur[1]. Et qui finit par changer sa personnalité, comme le reconnaît à son retour Lucien, coupable de cette transformation qui donne à sa sœur le « sourire des saintes au milieu de leur martyre » (p. 573).

1. « [...] la pauvre femme, préoccupée comme toutes les femmes de la dépense journalière, se donna pour tâche de sauver à son mari les ennuis du ménage [...] » (p. 488).

LA REINE D'ANGOULÊME

Balzac nous en prévient lui-même : Mme de Bargeton est « un des personnages les plus importants de cette histoire » (p. 56). Annonce que confirme l'analyse structurale du récit : si on considère l'ensemble du personnel féminin, c'est elle qui remplit le plus grand nombre de fonctions. Premier objet d'amour de Lucien, elle est aussi la première conquête sociale que programme cet ambitieux. Mais « Louise » est aussi la première de ses initiatrices. Et, de surcroît, un double de Lucien : ayant reçu, comme lui, une éducation intellectuelle hors du commun, cette femme « née pour être célèbre » (p. 59) « soupir[e] après Paris » (p. 71). Tout comme lui, elle aura à faire son apprentissage, celui du grand monde parisien.

Enfin, lorsque les deux amants se seront séparés, et qu'il y aura guerre entre le journaliste en veine de revanche et sa souveraine tombée au rang de « seiche », Mme de Bargeton rejoindra le camp des *opposants*.

Elle entre en scène après avoir été pourvue d'une biographie en règle, délicieuse « scène de la vie privée » qui, en quelques pages, narre sa vie antérieure : l'extraction aristocratique, formation intellectuelle, mariage de raison avec un « quadragénaire fort endommagé par les dissipations de sa jeunesse » (comme M. de Mortsauf...). S'ensuit un « bovarysme » rêche, mais aussi la tentation de l'adultère avec un jeune colonel d'Empire, mort trop tôt. Une liaison restée dans les limbes, dont le directeur des contributions indirectes brigue la succession...

Tout comme ses doubles de *La Comédie humaine* — Mme de la Baudraye (*La Muse du département*) et, dans un autre registre, Mme Rabourdin (*Les Employés*) —, Anaïs est une « femme supérieure » (p. 66). Blessée, comme toutes ses pareilles. Car, nous dit Balzac, en physiologiste voyeur de ces dégénérescences féminines, « toutes ses supériorités firent plaie dans son âme au moment où le froid de la province la saisit » (p. 66).

Comme pour Lucien, le narrateur donne du relief au personnage en jouant sur ses divers noms, prénoms et « petits noms » (Anaïs pour l'état civil, Naïs pour les intimes, Louise pour Lucien), mais aussi sur les divers désignateurs génériques auxquels il a recours : ceux qui rappellent son statut de « femme de province » (p. 148), ceux qui insistent sur sa gentilhommerie (« la fière et noble Nègrepelisse », p. 76), voire sur sa royauté (p. 66). Royale par sa gestuelle, Mme de Bargeton est la « reine d'Angoulême » (p. 70), une « reine orgueilleuse » (p. 74), qui « trôn[e] avec ses défauts » (p. 66). Pour mieux compliquer le personnage, Balzac l'apparente à des êtres réels (Lady Stanhope) ou mythiques : sainte Camille (p. 64), Laure (p. 148), Béatrix (p. 120, 139, 148, 157), et, de manière plus inattendue, Dulcinée (p. 148). Mais cette « belle sirène » (p. 180) ne sera plus qu'un « os de seiche », lorsque, la comparant aux femmes de Paris, Lucien ne verra plus en elle que la « femme réelle » : sèche, fanée, anguleuse (p. 187).

Mme de Bargeton est ainsi un personnage miroir qui n'existe qu'au confluent de points de vue dissemblables. Elle change d'identité selon qu'on l'envisage avec les yeux de son père, de son précepteur, de son mari, de M. du Châtelet, de Lucien, ou bien du narrateur, lui-même partagé entre propension à l'ironie et volonté de compréhension.

Son précepteur s'admire en elle « comme un auteur dans son œuvre » (p. 61). Son père veut la marier, « moins pour elle que pour sa propre tranquillité (p. 62). Pour son mari, elle est l'occasion d'une belle alliance ; puis, quand il sombre dans le gâtisme, une infirmière rudoyante. Tandis qu'au tout-venant de l'opinion angoumoisine elle paraît « une folle dont la folie [est] sans danger » (p. 65), un « perspicace observateur » saurait débusquer en elle les « débris d'un magnifique amour écroulé » (*ibid.*). Quant à Lucien, il voit en elle un instrument autant qu'un objet d'amour. Ainsi fait du Châtelet. Mais leurs sentiments se déclinent sur des registres différents. Pour le vieux beau, cette « veuve riche en espérances à épouser » est une « jeunesse à ranimer » (p. 69), une proie facile à émoustiller avec quelques gravelures (p. 67). Aux yeux de Lucien, en revanche, Mme de Bargeton est « une bienfaitrice qui allait s'occuper de lui maternellement » (p. 76), mais aussi une femme de « haut rang » qui confirme « ses idées sur la grande dame » (p. 73).

Si l'ambitieux est pressé de savoir s'il peut, « sans éprouver la honte d'un refus, conquérir cette haute proie » (p. 82), l'« enfant » ne voit pas sans trouble son « imposante maîtresse » (p. 81). À sa première entrevue, il l'observe par de « discrètes œillades ». De quoi permettre un portrait focalisé (p. 73) : sorte de contrechamp à celui qui est fait de Lucien à travers le regard de Mme de Bargeton, aussi surprise de son « excessive beauté » et de la « timidité de ses manières » que

Mme de Rênal lors de sa première rencontre avec Julien Sorel[1].

Ce qui n'empêche pas Balzac de procéder à un portrait en forme, épinglant son béret à la mode Moyen Age et ses attributs physiques : chevelure d'un blond rouge, nez à « courbures bourbonienne », « gorge intacte et bien placée » (p. 73). Puis d'insister sur la vision sélective qu'en à Lucien. Papillon pris aux bougies (p. 74), il ne remarque ni la maigreur excessive ni la « flétrissure des joues couperosées », ne voulant retenir que les « points lumineux » de ce spectacle féminin. Jugeant distingué le « trémoussement serpentin » (p. 73) par lequel elle l'accueille, il se laisse prendre à la verve de ses « phrases un peu vieilles » (p. 74). De quoi allumer la verve du narrateur, qui règle ses comptes avec la « comédie féminine ».

1. On est tenté de percevoir là des souvenirs de lecture, sans que le détail des deux textes soit assez proche pour qu'on ose parler de source. Mais d'influence ?

« L'ÈVE DES COULISSES »

Entre Mme de Bargeton et Coralie, l'antithèse est de tous les niveaux : l'âge, la classe sociale, le physique, les façons de parler, la démarche, les qualités intellectuelles. Mais elle est d'abord dans la manière ordinaire de les désigner : pour l'une, tout l'attirail de l'onomastique aristocratique ; pour l'autre, un simple « nom de guerre ».

Pour signifier le caractère velléitaire de son héros masculin, Balzac a voulu que ses objets d'amour successifs fussent à l'opposé : l'actrice *vs* la grande dame, deux *types*, comme le narrateur ne manque pas de le signaler[2]. Aussi, tout

2. Voir par exemple p. 407 : « Il ne sut pas prendre un parti, sacrifier l'actrice à la grande dame. »

comme Mme de Bargeton, Coralie vaut-elle pour toute son espèce. Avant d'avoir une identité à soi, elle symbolise tout cet univers « femmelin » où s'agitent des actrices (Florine), des danseuses (Tullia), des courtisanes (Esther), des lorettes (Mme du Val-Noble). Coralie a beau clamer « [...] je suis une artiste, et non une fille » (p. 309), le narrateur ne cesse de la ravaler. En elle, Lucien trouve « l'amour vrai des courtisanes qui attachent leurs grappins aux endroits les plus tendres de l'âme en se pliant avec une incroyable souplesse à tous les désirs » (p. 346). De quoi signifier l'espèce de puissance qui est celle de Coralie.

Puissance double en réalité : comme objet mais aussi comme sujet de désir. C'est son désir qui se manifeste d'abord, de façon éruptive, à sa manière de jeter son dévolu sur l'Apollon qui lui passe à portée d'œillade. « Trouant le rideau du théâtre », elle fait ruisseler « la lumière amoureuse d'un œil » sur l'inattentif Lucien (p. 303). Symbolisme phallique. Et manière de rejeter Lucien dans la passivité. La façon très « vicomte » qu'il a de rétorquer que son habitude est de choisir lui-même ses maîtresses cache mal son statut d'objet. Son inappétence initiale est le signe d'une indifférenciation sexuelle qui concorde avec la facilité qui sera la sienne à céder à l'abbé.

Mais l'entreprenante Coralie est aussi une proie. « Fille » vendue par sa mère, comme selon la légende l'aurait été Olympe Pelissier, future femme de Rossini, Coralie est « la plus belle actrice de Paris[1] », bourgeoisement

1. L'expression revient deux fois : p. 314 et 326.

entretenue par un « marchand de soieries de la rue des Bourdonnais » (p. 303), Camusot, après l'avoir été par un dandy de haut parage, de Marsay. Une jeune actrice comme Mme Fleuriet et Mme Perrin, nous dit le texte (p. 304), soucieux de vérité historique : deux comédiennes mortes prématurément, la première en 1823. À dix-neuf ans[1], comme Coralie...

1. Voir R. Chollet, *CH*, t. V, p. 1289.

Dans le portrait à demi focalisé qu'il trace d'elle une fois que Lucien la regarde, le narrateur lui attribue le « type sublime de la figure juive », que, dans *La Torpille*, il a essayé sur Esther. De quoi permettre à son portrait en phrases de rivaliser avec la peinture : « menton fin comme le bord d'une coupe », « paupières brûlées par une prunelle de jais ». Puis il insiste sur l'intelligence limitée de Coralie : dotée d'une « magnificence de pensée », elle n'en est pas moins réduite à « l'esprit des sens ». En cela « semblable à beaucoup d'actrices » dont elle est le type : « sans esprit malgré son ironie de coulisses, sans instruction malgré son expérience de boudoir » (p. 304).

Mais l'essentiel, c'est bien que Coralie est le « type des filles qui exercent à volonté la fascination sur les hommes ». L'essentiel, ce sont les attributs érogènes dont elle est pourvue : « croupe andalouse », « gorge chantée par le Cantique des Cantiques » (p. 304). Séduit par cette « créature » en qui revivent les « impures » du siècle précédent, Lucien succombe au « démon de la luxure » : il met « l'amour sensuel au-dessus de l'amour pur » (p. 305). Ce que ce poète tente de pallier en disant avoir rencontré la « poésie des sens ». Ce que cet apprenti écrivain excuse en prônant qu'« un homme qui veut tout peindre doit tout connaître ». Quant à la « noble âme » en lui, elle rêve de transporter cette « pauvre fille » « dans les belles régions de l'amour vrai » — non sans goûter aux « finesses de l'amour des courtisanes » (*ibid.*). Bel exemple de « jésuitisme de la passion », murmure le narrateur.

Mais Coralie — la bien nommée — n'est pas seulement ce corps splendide qui agrippe son amant aux barreaux de son lit. Pour le séduire, cette chatte (p. 309) a d'autres arguments. Valeur d'usage, elle est aussi valeur d'échange. C'est dans les yeux des autres hommes que l'ambitieux mesure la valeur de sa prise. Toujours cette structure triangulaire du désir mise en lumière par René Girard : « Je t'aime, parce que les autres te veulent. » Les autres ? Ces spectateurs dont les yeux « serrent » sa taille et « flattent » sa croupe ; mais surtout ces grands seigneurs prêts à engloutir des trésors pour une nuit avec « ces femmes-là ». Le triomphe de Coralie, c'est qu'elle est une « maîtresse de prince » (p. 339), qui rend Lucien « ivre de vanité satisfaite » (p. 408). En retour, elle aussi fonctionne à la médiation triangulaire : fière d'exhiber sa conquête, elle veut « jouir de la beauté d'un homme que toutes les femmes allaient lui envier » (p. 373). Accordailles de vanités, voraces à jouir dans les prunelles d'autrui...

Sensible à ces plaisirs spéculaires, Lucien

est flatté d'apprendre le « prix » de Coralie, ex-maîtresse du « roi de nos dandies » (p. 306). Il déchante quand il lui est donné de comparer sa prise à des valeurs plus cotées : cette comtesse, maîtresse de Blondet, « jeune, belle et spirituelle », dotée en guise de « beauté spéciale » de la « blancheur excessive des femmes du Nord ». « Lucien déchante : Il y avait autant de différence entre une femme du genre et de la qualité de la comtesse de Montcornet et Coralie qu'entre Coralie et une fille des rues » (p. 401).

Il est vexé quand de Marsay la prend pour une « petite sotte » (p. 409) ; quand d'Arthez dévalue cette actrice qui « danse des pas en relevant ses jupes » (p. 339). Critiques que Lucien intériorise. Happé par la vie facile que lui offre l'actrice, il connaît le revers de sa médaille : son conservatisme de bohème en mal de respectabilité. Sentiment qui la porte à traiter de « jobards » les gens du Cénacle (p. 372), et à applaudir, sous prétexte que c'est « bon genre », la conversion de Lucien au parti gouvernemental (p. 406).

Mais Coralie, c'est aussi la « sainte » qu'elle va devenir quand, emportée par la maladie, la « pauvre créature » se hausse à ce comble de la courtisane romantique : la mort. L'« Ève des coulisses » (p. 336) entre alors dans les parvis mythiques de ces Christs au féminin que sont Fantine ou la « Dame aux camélias ». D'emblée, le récit avait annoncé le rachat de Coralie. Les filles de son espèce, nous est-il dit, « effacent toutes leurs fautes par l'étendue, par l'infini de leur amour quand elles aiment » (p. 298). Ce que le romancier-peintre symbolise par une simple image : Coralie « agenouillée » au pied du lit de son amant (p. 328). Et c'est réconciliée avec l'Église qu'elle mourra, à la suite d'une maladie foudroyante où l'étrange réalisme des causes (le caractère inflammatoire de la charcuterie dont elle est obligée de se nourrir !) s'allie au sublime des effets. Car, aux approches de la mort, tandis que — symbolisme oblige — un oiseau vient s'abattre sur les pots de fleurs de sa croisée, cette créature adorable, « blanche comme une porcelaine », a la « beauté des mourantes » (p. 467).

LES INITIATEURS

Dans *Illusions perdues*, ce rôle peut être occasionnellement occupé par des personnages dont ce n'est pas la fonction propre : du Marsay, Rastignac, Hector Merlin, les libraires donneurs de leçons (Doguereau, Dauriat, Barbet[1]), et côté femmes, Mme de Bargeton, Mme d'Espard, et même Coralie. Mais Balzac a commis la fonction d'initiateurs patentés à trois personnages différenciés : d'Arthez et Lousteau, précepteurs à peine plus âgés que Lucien, qui sont ses doubles avant d'être ses maîtres ; et Carlos Herrera, Mentor du bagne.

1. « Vous êtes jeune, jeune homme ! vous m'apportez l'éternel recueil des premiers vers que font au sortir du collège tous les gens de lettres » (p. 359).

UN « MENTOR COLLECTIF » FAIT HOMME

Pour Lucien, d'Arthez n'est pas d'abord un maître, mais « un premier ami[1] ». Dans le « studieux inconnu » rencontré à Sainte-Geneviève, Lucien reconnaît un « frère » (p. 223) avec lequel il s'accorde, « de jeune homme à jeune homme » (p. 224), d'autant plus aisément que les deux amis sont « deux natures vierges et timides » (*ibid.*). Mais leur relation n'en est pas moins dissymétrique. Tandis que d'Arthez voit en Lucien un de ces « mille à douze cents jeunes gens qui, tous les ans, viennent de la province à Paris », Lucien, « affamé d'affection », s'attache à lui « comme une maladie chronique » (p. 230)

1. Titre du chapitre IV de l'édition originale.

Son statut d'aîné protecteur et « une sorte de dignité [...] qui le rendait inabordable » (p. 223) prédisposent ce jeune homme au rôle de Mentor. Sa « vertu sans emphase » se marque par une gestuelle sobre et une « contenance grave ». Ce Christ a beau avoir cette charité qui lui fait pardonner à Lucien lors même que ses apôtres le condamnent, il incarne ce « Mentor collectif » qu'est le Cénacle, réputé par Lucien « implacable » (p. 242).

Son rôle de chef du Cénacle renforce son autorité. D'ailleurs, ce jeune homme aux « yeux de femme » (p. 223), s'avère être un napoléonide lui aussi. Ce que suggère son visage semblable au « portrait de Bonaparte gravé d'après Robert Lefebvre » (p. 223). Le narrateur y lit des traits d'« ambition contenue » — quitte à oublier cette première approche pour en faire ensuite un Christ. Hésitations qui compromettent un peu la vérité du personnage. À moins qu'on ne veuille y voir la propension de Balzac à fabriquer en éprouvette des personnages contradictoires...

Pour manifester sa position de maîtrise, point besoin pour d'Arthez de donner de leçons. Ce précepteur prêche d'exemple, par sa façon d'étudier et de parler, mais aussi de s'habiller et d'habiter. Quelques mots lui suffisent pour que les « lèvres du provincial » soient « touchées d'un charbon ardent » (p. 229). Mais le roman fait pourtant de d'Arthez un donneur de leçons. Juge des progrès de Lucien dans la voie de la corruption, il craint sans cesse qu'il ne soit « souillé », « entaché », « flétri » (p. 434). Aristarque, il corrige ses écrits : son roman, *L'Archer de Charles IX*, mais aussi l'article de critique que le journaliste acculé à dû rédiger contre le livre magistral que son Aristarque vient de publier. Trait d'abnégation christique...

Mais d'Arthez représente une certaine éthique de la littérature. Avec son rigorisme qui dans la vie courante s'exprime par une maniaquerie de vieille fille (p. 236) — réalisme pas mort — concordent ses choix intellectuels. Cet homme de méditation[1] a procédé « au dépouillement de toutes les richesses philosophiques des temps anciens et modernes pour se les assimiler » (p. 229). Il veut « être un profond philosophe avant de faire des comédies » (*ibid.*). Comme Molière, nous dit le texte. Mais aussi comme Balzac,

1. « La méditation habitait sur son beau front noblement coupé » (p. 223-224).

qui a écrit, à dix-neuf ans, un *Discours sur l'immoralité de l'âme* avant de se lancer, lui, dans la tragédie en cinq actes...

Au total, un personnage allégorique un peu falot, dont « le caractère abstrait et la couleur assez pâle » s'expliquent par sa genèse : « ce n'est pas un cliché original, mais un contretype[1] ». Et qui pour advenir à quelque humanité devra attendre *Les Secrets de la princesse de Cadignan* (février 1840). Juste retour des choses, sa vertu romaine y sera soumise aux coquetteries d'une grande dame parisienne...

1. André Lacaux, *loc. cit.*, p. 207.

UN « CORNAC » DE PETIT JOURNAL

À d'Arthez s'oppose Lousteau, non pas « mentor » mais « cornac » (p. 405). Et tout dans la construction du personnage s'articule sur une antithèse en règle avec le chef du Cénacle. L'opposition entre eux est d'abord celle de leur rapport à Lucien : « noble amitié » de l'un, « facile camaraderie » de l'autre (p. 264), mais d'abord celle de leur activité intellectuelle, et jusque de son rythme. Quand l'un fait partie de ces « gens à gloire posthume » dont Lousteau dénonce la pernicieuse influence (p. 288), l'autre se dépense au fil de l'actualité. Quand l'un, bien que chef du Cénacle, vit solitaire[2], l'autre ne s'ébroue que dans les salles de rédaction.

Ces choix intellectuels contrastés entraînent des modes de vie antithétiques. Pour Lousteau, la vie « bohémienne » qu'il partage avec sa maîtresse, « mélangée de petits verres »

2. Esprit de solitude qu'il partage avec Lucien. Tous deux sont adonnés « à toutes les peurs dont les émotions plaisent aux hommes solitaires » (p. 224).

(p. 212). Pour d'Arthez, qui ne boit que de l'eau, une vie rangée d'« ouvrier littéraire » (p. 223), la misère de Jean-Jacques dont, après le chirurgien Desplein (*La Messe de l'athée*), il occupe la chambre au quartier Latin, « mais sans Thérèse » (p. 226). C'est par la description antithétique des deux chambres de Lousteau et de d'Arthez tout autant que par leurs portraits en miroir que Balzac signifie l'opposition des « systèmes » qu'ils incarnent : la « chambre classique du quartier latin » qu'habite Lousteau, « bivouac littéraire » (p. 265) d'une part ; de l'autre, « la décente misère de d'Arthez » (p. 266), rue des Quatre-Vents, dans une chambre dont les croisées, le soir, laissent voir la lueur d'une lampe studieuse (p. 340).

Cette antithèse n'a pas été originelle. André Lacaux a montré que, dans un premier état du texte, Lousteau, prénommé Émile (comme l'Émile de *La Peau de chagrin*), fut tout autrement programmé. Tant que d'Arthez n'avait pas été inventé, c'était un jeune écrivain dont le désenchantement ne manquait pas de noblesse.

Les restes de ce premier état de Lousteau subsistent dans sa « rude tirade » (p. 263) sur les coulisses de la vie littéraire (p. 257 et suivantes). Avant d'être le cicérone infernal dont Lucien a besoin, Lousteau a été un double désillusionné de son élève : ce dont témoignent son « visage flétri » (p. 211) et son « air sombre et désenchanté » (p. 212). « Comme lui », il a quitté sa province « sa tragédie en poche » ; comme lui, il est monté à Paris « le cœur plein d'illusions, poussé par l'amour de l'Art » (p. 257). Aussi a-t-il beau jeu de prédire à Lucien qu'il est destiné à devenir à terme un second Lousteau (p. 262).

Si ce blasement l'invite à considérer de haut le « pauvre enfant » qui s'expose à ses âpres leçons, il y a du pathétique dans son cri d'« aigle blessé » (p. 281) qui émeut Lucien. Avant de devenir cynique, Lousteau a été un idéaliste révolté. Comme chez Lorenzaccio, qui a pu servir de modèle à son « effroyable lamentation » (p. 261), il y a chez lui un sens aigu de son ignominie et un souvenir de l'idéal. Il crie sa culpabilité avec « un regard de désespoir accusateur et terrible » (p. 260) : « C'est ignoble, mais je vis de ce métier, moi comme cent autres ! » (p. 259). Tout comme Lorenzaccio aussi, héros du romantisme désenchanté, Lousteau oppose sa déchéance à sa pureté native : « Et j'étais bon ! J'avais le cœur pur ! » (p. 260[1]). Tout comme lui, il a conscience d'être le seul à clamer la vérité : « Personne n'ose dire ce que je vous crie avec la douleur de l'homme atteint au cœur et comme un autre Job sur le fumier : Voici mes ulcères ! » (p. 262). Enfin, de même que le héros de Musset se demande avec angoisse : « Suis-je un Satan ? », Lousteau a le « désespoir du damné qui ne peut plus quitter l'Enfer » (*ibid.*).

Malgré ces parentés, n'oublions pas les différences. Alors que la chute dans la corruption fait partie chez le héros de Musset d'un programme héroïque, c'est par pur opportunisme que Lousteau est devenu ce qu'il est : un rédacteur de petit journal, apparié avec

1. De même, Lorenzaccio rappelle que sa « jeunesse a été pure comme l'or » (acte III, sc. 3).

une comédienne arriviste. De là, une tout autre façade du personnage : des mœurs de « spadassin des idées » (p. 259), une conversation qui manie les paradoxes du « machiavélisme parisien » (p. 346), et un évident plaisir à « passer pour un homme redoutable ». Ce « blagueur » de petite presse prend les manières de l'emploi sitôt qu'il est promu rédacteur en chef (p. 358). Et c'est du haut de sa suffisance qu'il prodigue ses « conseils amers » (p. 262), sans renoncer à son ironie mauvais genre. Il y a du « loustic » en Lousteau...

UN DIRECTEUR DANS UNE CALÈCHE

Mentor, celui-ci l'est au bénéfice de l'âge. Tandis que pour Lucien les deux autres sont des grands frères, l'abbé, qui avoue ses quarante-six ans, a bien, lui, stature de père.

Si l'on a en vue la structure actancielle du personnage, nombreuses sont ses ressemblances avec Lousteau. Comme lui, il a une identité double : abbé et bagnard ! Comme lui, il pose au professeur cynique qui ose dire le vrai : à l'un la métaphore des coulisses[1], à l'autre celle de la cuisine[2], pour peindre les tréfonds nauséabonds de la machine humaine. Comme lui, il est un professeur d'illégalité, en rupture de ban social. Comme chez Lousteau enfin, son enseignement prend la forme d'une tirade passionnée où le machiavélisme charmeur le dispute à l'ironie. Ce qui lui vaut d'être promu par Lucien au rang de

1. « La vie littéraire a ses coulisses » (p. 258).

2. « Voilà la vie telle qu'elle est. Ça n'est pas plus beau que la cuisine, ça pue tout autant [...] » *(Le Père Goriot, CH,* t. III, p. 141).

journaliste : « Mais il entend bien le paradoxe, et il me paraît tout aussi fort que Blondet ou que Lousteau » (p. 629)...

Mais, alors que Lousteau reste longtemps en scène, Herrera n'existe que par sa survenue *in extremis* sur la route entre Angoulême et Ruffec (p. 624). Apparition fantastique, malgré le cadre réaliste de rigueur : une voiture de poste croisant la diligence de Bordeaux qui s'arrête au bas d'une côte, un promeneur mélancolique qui en descend pour cueillir dans les vignes un bouquet jaune de *sedum* (p. 619). Par là, se trouve en partie masquée l'irréalité du personnage, véritable traître de roman noir. Identité qu'il revendique lui-même, goguenard, pour parer à la suspicion...

Le premier geste de ce professeur de vie radical est d'inviter son élève à faire *tabula rasa.* Avant de lui infliger son « prône » (p. 629), il commence par le ramener à son statut d'enfant qui ne connaît « ni les hommes, ni les choses » (p. 625). Puis les méandres narratifs d'un apologue entortillé tiennent sur le gril la curiosité de Lucien. À l'évidence, l'abbé a des talents de romancier. Ainsi dans son récit de la vie de Biren, fils de paysan devenu amant de la tsarine, double proposé aux fantasmes de Lucien. De quoi lui permettre de se revendiquer « poète[1] » et artiste[2] », comme son créateur.

Lorsqu'il se plaît à reculer le moment fatidique en déroutant l'attention du candidat au suicide, lui aussi joue les Shéhérazade[3]. Trait de féminité qu'on retrouve dans la « sorte de séduction » (p. 620) qu'il exerce

1. « Je suis un grand poète. Mes poésies, je ne les écris pas : elles consistent en actions et en sentiments » *(Le Père Goriot, CH*, t. III, p. 141).

2. « Je suis ce que vous appelez un artiste. J'ai lu les Mémoires de Benvenuto Cellini [...] » (*ibid.*, p. 136).

3. Dans la Préface d'*Une fille d'Ève*, Balzac se compare à Shéhérazade *(CH*, t. II, p. 264).

comme dans son « empressement maternel » (*ibid.*). Tant est grand son pouvoir, l'abbé l'exhibe avec orgueil, ironisant sur l'irrésolution de ce candidat au suicide : sitôt oublieux de se donner la mort dès qu'il entre en conversation. Juste revanche sur ce blancbec, tenté un temps de le « faire poser » (p. 629). Car au moment même où Lucien s'écrie avec emphase : « Voilà mon dernier soleil ! » (p. 620), il y a en lui des restes de journaliste « blagueur ». Admirable contrepoint parmi tant d'autres...

Avec Lucien, l'abbé recommence l'éducation doublée d'une entreprise de corruption qu'il a voulu donner à Rastignac. Séducteur, il le magnétise par son charme. Corrupteur, il le prend par les sentiments bas : la vengeance. Éducateur, il recommence à nouveaux frais son initiation. Mais, pour concorder avec sa fausse identité, ce « singulier diplomate » transpose son enseignement : au lieu du style déboutonné qui vaut pour « Papa Vautrin » s'exprimant entre les murs « humides au nez » de la pension Vauquer, il adopte les manières patelines d'un Talleyrand de plein air (p. 635), doublé d'un « disciple de Machiavel[1] ». Mais le parlé bagnard perce sous la rhétorique jésuite, tandis que des « jambes d'athlète » gonflent les « bas de soie noire » de ce faux ecclésiastique (*ibid.*)...

Ses leçons sur l'« histoire secrète » opposée à l'histoire *ad usum delphini*, son ironie à l'encontre de Lucien, ce potache qui, en fait d'histoire, se contente des « étiquettes » au lieu de chercher les « causes » (p. 626), recoupent les réflexions épistémologiques

1. Voir le titre du chap. XXXII des *Souffrances de l'inventeur* : « Cours d'histoire à l'usage des ambitieux par un disciple de Machiavel » (*CH*, t. V, p. 1399).

auxquelles Balzac est lui-même parvenu dès la fin des années vingt, méditant son *Histoire de France pittoresque*[1]. Autre signe de l'indéniable communication entre Herrera et son créateur. Tenté de céder à sa créature une part de ses fantasmes, c'est sa puissance créatrice qu'il lui rétrocède. Car ce n'est pas seulement un pacte infernal que l'amoureux abbé propose à son élève falot, mais bien une *recréation*. Aussi excitante qu'un roman à faire...

Faisant de Lucien son « favori » tout en s'instituant son directeur de conscience, voici qu'à l'issue de cette psychanalyse de grand chemin il se proclame son Pygmalion : « Le jeune homme qui se trouve assis là, dans cette calèche, [...] n'a plus rien de commun avec le poète qui vient de mourir. Je vous ai pêché, je vous ai rendu la vie, et vous m'appartenez comme la créature est au créateur [...] » (p. 633).

Pour l'auteur aussi, la pêche est miraculeuse. De quoi programmer la « nouvelle incarnation » de Rubempré, poète mort qui renaîtra « lion[2] ».

1. Voir la Préface des *Chouans* [1829] (*CH*, t. VIII, p. 897).

2. *Splendeurs et misères des courtisanes*, *CH*, t. VI, p. 439.

IV LIRE LES MONDES

Balzac ne cache pas son ambition d'être un « peintre de caractères », ou, dans un style plus aigu, un observateur des arcanes de l'identité. Pour prêter vie à tous ces personnages de haut parage dont nous venons de faire l'appel, il met en batterie un arsenal de repères psychologiques. Signe qu'il fait sien le projet attribué à d'Arthez d'écrire « une œuvre psychologique [...] sous la forme du roman » (p. 229), le mot même de « caractère » revient constamment. Sans cesse, le narrateur mesure des influences — ou des écarts — entre le physique et le moral. Sans cesse, il remet sur le métier l'analyse des divers « côtés » d'une même personnalité : Lucien certes, champion de la plasticité, mais aussi, David, Mme de Bargeton, Coralie, Lousteau. Une « psychophysiologie » balzacienne existe, aussi bien des surfaces du moi que de « l'homme intérieur[1] », moins rustique qu'on ne le dit d'habitude.

Cette complexité du « caractère » se retrouve chez les personnages secondaires, mais elle est souvent liée à l'analyse d'une position sociale paradoxale. C'est le cas pour Finot, directeur de journal, qui, sous sa fausse bonhomie, cache « toute la finesse du marchand de chapeaux dont il est issu » (p. 387). C'est le cas pour Doguereau, maître de rhétorique avant d'être libraire, qui a la « figure creusée » de l'un et la « bouche soupçonneuse » de l'autre (p. 219). De même, ce sont les nécessités de la comédie sociale qui ont conduit Braulard, chef de claque, à s'habiller comme un avoué, non sans qu'on détecte malgré tout chez lui « l'homme du peuple enrichi » (p. 388).

Ce que Balzac apporte en propre à la psychologie romanesque qu'il contribue à affûter, c'est bien la prise en compte des effets de

1. Voir H. Gautier, *L'Homme intérieur dans la vision de Balzac*, Lille, Service de reproduction des thèses, 1973.

la *socialité*. Effets pervers souvent, car il aime à compliquer les déterminismes. Ainsi chez le typique Samanon, personnage palimpseste : « bouquiniste au rez-de-chaussée, marchand d'habits au premier étage, vendeur de gravures prohibées au second ». Étrange création de « la nature sociale et parisienne », c'est un type neuf, dont on ne retrouverait pas le prototype dans la caractérologie traditionnelle de l'avare, ni dans celle que des romantiques comme Walter Scott ou Hoffmann auraient pu redéfinir (p. 428). Ce qui a lieu pour bien de ces « utilités » dont Balzac peuple ses arrière-plans. Bien souvent, le personnage secondaire balzacien n'a de « caractère » que pour autant qu'il est un substrat physiologique porteur d'inscriptions sociales.

On connaît le projet d'ensemble dans lequel s'inscrit une telle démarche : celui d'une description panoramique de la société française de la première moitié du XIXe siècle. Conscient du pas en avant qu'*Illusions perdues* va faire franchir à ce projet, Balzac le rappelle dans la Préface de sa première partie. Il est cet « auteur courageux » qui « a entrepris une description complète de la société, vue sous toutes ses faces, saisie dans toutes ses phases » (p. 685). À ce projet de « configurer l'immense tableau » du XIXe siècle, « sans oublier ni l'individu ni les professions, ni les effets, ni les principes sociaux[1] », un roman-somme comme *Illusions perdues* a l'ambition d'apporter une contribution exemplaire. Non que Balzac ait l'ambition de contempler les choses de Sirius, avec le regard pacifié du savant. Car, sachant qu'« on ne

1. Préface du *Livre mystique* [1835], *CH*, t. XI, p. 501.

peut guère pénétrer dans le corps social dogmatiquement, à la façon d'un traité de D'Alembert sur le goût[1] », il veut mouler le tableau « sur le vif[2] ». Chercheur de « mondes » inconnus, explorateur des envers et non sociologue patient, assuré de ses conclusions. S'il est ce praticien sans diplôme qui, de manière plus prometteuse qu'Auguste Comte, fonde la sociologie, Balzac est aussi le poète dantesque des sphères sociales[3].

1. Préface de la 1re édition de *Splendeurs et misères des courtisanes* [1845], *CH*, t. VI, p. 426.

2. « Avant-propos » de *La Comédie humaine*, *CH*, t. I, p. 11-12.

3. Au métalangage sociologique (*classes*, *groupes*, *castes*, *ordres*...), il préfère le vocabulaire spatial (*zones*, *sphères*, *mondes*...).

PORTRAIT DE SOCIOLOGUE EN MUTANT

Peu soucieux de prêter le flanc à ceux qui l'accuseront un jour de « sociologisme vulgaire », le narrateur balzacien conduit en personne ses analyses, en pédagogue mais aussi en cicérone sulfureux des cercles de l'enfer social. Dès sa préface, il nous a prévenus sans détour : l'objet de son livre, ce serait d'écrire « l'histoire tragique de la jeunesse depuis trente ans » (p. 697). Mais son projet est aussi de peindre le journalisme à sa naissance — « une des faces les plus curieuses de ce siècle, [...] une face prête à s'user, comme s'est usé l'Empire (p. 687). Un cadrage sociologique « large » est ainsi proposé, qui est rappelé lorsque, s'apprêtant à décrire ces machineries sociales que sont Angoulême ou les Galeries-de-Bois, le narrateur assoit son protocole pédagogique. Le voici qui annonce « quelques explications sur Angoulême » propres à faire « comprendre Mme de Bargeton » (p. 56), et qui ouvre la description du Palais-Royal en rappelant le « grand rôle » que, « pendant trente-six ans, il a joué dans la vie parisienne » (p. 271).

Pourtant, ce qui caractérise le roman de ce « mutant social » qu'est Lucien, c'est bien que le savoir sociologique n'est pas l'objet d'un enseignement *a priori*, mais d'un processus d'apprentissage. D'autant plus excitant qu'est paradoxale la domiciliation du héros : portant un nom bourgeois, mais d'ascendance noble par sa mère, et aristocrate aussi par sa beauté[1].

« Ni casé, ni chiffré », Lucien va gravir les échelons, servant de caméra mobile au lecteur. C'est à travers son regard de Huron qu'il nous est donné de faire l'expérience des « différents mondes du monde » (p. 71). Point de vue qui ménage d'autant plus de relief que cet observateur est soumis au double mouvement qui l'emporte : son ascension sociale suivie de sa décadence, d'une part ; son *travelling* géographique — Angoulême-Paris, aller-retour — de l'autre. Partant d'une situation de « virginité sociale » (p. 91), Lucien, déclassé par en haut, traverse ces « couches successives » de la société que Mme de Bargeton lui a fait entrevoir (p. 81) et que Rastignac a découvertes par lui-même[2]. Trajet qui permet un apprentissage sur le tas, le seul possible en la matière puisqu'il « n'est ni professeurs, ni traités, ni école » pour enseigner cette science sans lois qu'est la science des mœurs. Ce que confirment ces deux experts dissemblables que sont Herrera et Mme de Mortsauf[3].

1. Ce que constate son « frère » David : « [...] tu as l'air d'un gentilhomme [...] Tu seras notre aristocratie » (p. 91-92).

2. *Le Père Goriot* évoque les « initiations successives » par lesquelles le jeune homme conçoit la « superposition des couches humaines qui composent la société » (*CH*, t. III, p. 74).

3. « [...] il n'est ni professeurs, ni traités, ni école pour ce droit qui régit vos actions. » C'est là ce qu'enseigne Mme de Mortsauf à Félix de Vandenesse (*Le Lys dans la vallée*, *CH*, t. IX, p. 1085).

Vu par cet observateur mobile, l'univers social n'a pas l'allure d'une totalité organisée, mais d'un espace escarpé qu'il s'agit de gravir. Le principe hiérarchique organise la société de classes telle que la France de la Restauration l'a faite. À Angoulême, où le quartier industriel de l'Houmeau est situé au pied de l'orgueilleux rocher où trône l'Angoulême noble et administratif, la topographie des lieux est elle-même symbolique : « En haut la Noblesse et le Pouvoir, en bas le Commerce et l'Argent ; deux zones sociales constamment ennemies en tous lieux » (p. 57). Ce que Balzac traduit en langage romanesque en montrant plusieurs fois Lucien en train de monter ou de descendre la « rampe » qui mène au quartier de Beaulieu.

À Paris, ce même principe s'exprime par la distribution des quartiers (faubourg Saint-Germain, Palais-Royal, Boulevard, quartier Latin...), et par la structure de l'habitat qui, dans chaque immeuble, distribue les habitants au gré de leur place dans la hiérarchie sociale : au premier les riches, dans les combles les exclus. Voir les quatre étages qu'il faut grimper pour atteindre le « chenil » de Lousteau, rue de La Harpe, au-dessus du café Servel (p. 265). Le Paris-XIXe siècle comme si vous y étiez...

Pourtant, plus encore que celle de l'ascension, l'expérience immédiate de cet explorateur des « sphères sociales » est celle de la *différence*. « Quelle différence de cette terrasse avec Beaulieu ! » s'exclame le provincial fraîchement débarqué aux Tuileries (p. 181). Mot qu'il répète lorsqu'il est à même de comparer le luxe d'un hôtel du faubourg Saint-Germain avec celui du « monde exceptionnel » qui a été le sien à Paris (p. 404), ou la comtesse de Montcornet et Coralie, (p. 401).

Selon une métaphore ordinaire, la *différence* est d'emblée *distance* : distance incommensurable entre les diverses « zones sociales » traversées (p. 57). Avant de finir par apercevoir les « couches successives de l'État social » (p. 81), ce que Lucien éprouve, c'est l'écart qui sépare les univers qu'il traverse. Souvent se réitère l'expérience faite lors de sa première ascension de la « roche en pain de sucre » sur laquelle campe l'Angoulême noble : « En arrivant sous les arbres de Beaulieu, il contempla la distance qui séparait Angoulême de l'Houmeau » (p. 56).

« Distance locale » qui exprime une « distance morale », constate le narrateur, tenté de généraliser la remarque à la France des années 1820 : « En dessinant la position de la noblesse en France et lui donnant des espérances qui ne pouvaient se réaliser sans un bouleversement général, la Restauration étendit la distance morale qui séparait, encore plus fortement que la distance locale, Angoulême de l'Houmeau » (p. 58). C'est bien en termes d'espace que se marquent les différences de classe : tellement fortes que le narrateur les aggrave encore par les comparants auxquels il a recours. Lucien et Louise sont « plus séparés l'un et l'autre par les préjugés » que s'ils étaient « elle à Pékin, [lui] dans le Groenland » (p. 55). Vu de l'Houmeau, c'est à une « distance solaire » que « brillent les grandeurs de ce Louvre au petit pied » qu'est l'hôtel Bargeton (p 70). Et, nouveau débarqué dans la capitale, c'est par un « abîme » que Lucien se voit séparé de la « svelte et délicate jeunesse parisienne » (p. 184).

Un arsenal de « grilles » (p. 71) et de « barrières morales » (p. 56) vient matérialiser ces invisibles distances, pour mieux cadenasser cette société-château fort, dont on ne peut franchir les fossés qu'« en jetant la gloire comme un pont volant » (p. 56), et au prix d'une « petite révolution » (p. 58).

« LES DIFFÉRENTS MONDES DU MONDE »

Censée proposer un tableau de la Restauration, la fresque acquiert sa portée sociale en recourant à quelques *hommes-mondes*. Point besoin que le personnage typique soit la juste moyenne de son groupe. L'impression de relief sera plus grande si l'Angoulême plébéien est évoqué par le couple formé par les Séchard, père et fils, si différents entre eux, et si complexes pris séparément : David, à la fois ouvrier, commerçant et savant ; et son ivrogne de père, ex-« ours » passé maître-imprimeur, et devenant vigneron à sa retraite. Évocation complétée par un contingent d'espèces sociales représentées par des personnages singularisés, soit anonymes (un proviseur, un évêque, etc.), soit pourvus d'une étiquette nominale : deux imprimeurs royalistes (les frères Cointet), un avoué de province (Petit-Claud), un compositeur d'imprimerie (Cérizet), un pharmacien (Postel), un curé (l'abbé Marron), une servante (Marion), un factotum illettré devenu « ours » (Kolb), etc.

De même, pour évoquer la bourgeoisie parisienne, il suffit presque du trio de compères que forment Matifat le droguiste, Camusot, « chevalier de l'Aune » (p. 310), et son beau-père Cardot, nettoyant de concert leurs lorgnettes dans leur loge (p. 294). Admirable en termes d'analyse sociale, le décorticage qui est fait ensuite de la double identité de Camusot, égrillard et débonnaire chez sa maîtresse, mais redevenant dans son cabinet « un négociant poudré de ruses et de vertus, [...] entouré de commis, de caissiers, de cartons verts, [...] bardé de sa femme » (p. 449). Une preuve parmi tant d'autres du génie insolent qu'a Balzac pour rendre le réel social dans toute sa relativité. Ce qui ne lui interdit pas de procéder de manière plus systématique pour évoquer les trois sphères qui sont au centre du tableau.

LA « HAUTE COTERIE D'ANGOULÊME »

Dans la première partie, la noblesse provinciale fait l'objet d'une description en règle, comme si le « temps long » de la province incitait au pas à pas. Mais cette lenteur est aussi en accord avec la timidité de Lucien, qui n'envisage l'investissement de la place forte désirée — femme et bastille sociale tout à la fois — qu'avec des circonspections d'amoureux transi. Enfin, comme ce groupe forme une véritable « caste » (p. 92) qui fuit celui qui s'en sépare « comme au Moyen Âge on fuyait un lépreux » (p. 84), son côté bien circonscrit favorise un portrait de pied en cap — qui ne sera plus de mise lorsqu'on abordera les sphères parisiennes aux démarcations plus immatérielles.

« Atteintes d'un royalisme inintelligent », ces « vieilles familles perchées sur leur roche » traitent en « parias » (p. 58) tous ceux qui ne font pas partie de la caste : David, tout comme les préfets successifs ou cet étrange directeur des contributions indirectes qu'est le baron du Châtelet. En raison de son sulfureux passé d'aventures militaires en Algérie, en compagnie du général Montriveau (*La Duchesse de Langeais*), sa réception chez Mme de Bargeton est comme « l'introduction d'un giaour dans la Casba » (p. 69).

Ce « clan de fine aristocratie » est uni par des pratiques de socialité marquées par la vie de province. Cette « coterie » (p. 104 et 106) vit au rythme de rencontres routinières dont l'éternel « whist à quatre tables » (p. 78) et quelques médisances féminines font les frais. Pour les messieurs, un Cercle (p. 150) complète les réjouissances. D'où la révolution causée par l'idée saugrenue qu'a un jour Mme de Bargeton de « tambourin[er] dans le département une soirée à glaces » (p. 80) où, comble d'innovation, on lira des vers. L'occasion pour Balzac de passer en revue ces hobereaux, qui ont choisi de s'appeler par leurs petits noms. « Dernière nuance inventée pour mettre une distinction au cœur de l'aristocratie angoumoisine », commente Balzac-Bourdieu, comparant cette pratique onomastique avec celle des Grands d'Espagne et des « personnages de la *crème* à Vienne » (p. 75). Et comme ces délicieux sobriquets sont en désaccord avec l'apparence physique de ceux qui les portent, le ridicule est assuré. Défile un bestiaire hétéroclite où la satire s'en donne à cœur joie : M. de Chandour, et ses « agaceries de coq », flanqué de sa moitié, Amélie, « faisant la roue avec sa tête chargée de plumes en été, de fleurs en hiver » ; M. de Saintot, nommé Astolphe, président de la Société d'agriculture, « ignorant comme une carpe », etc. « Assemblée de personnages bizarres, aux costumes hétéroclites, aux visages grimés » (p. 106), mais imposante aux yeux de Lucien.

« TOUT CE PARIS QUI CONSISTE EN VINGT SALONS »

C'est aussi au travers d'une soirée inaugurale, dans une loge à l'Opéra, qu'est mise en scène la « haute compagnie » parisienne (p. 189). Mais avant d'accéder à cette lice, Lucien a déjà eu l'occasion, dès ses premiers galops à Paris, d'apercevoir les différences qui le distinguent, lui, provincial mal attifé, de la jeunesse patricienne de la capitale. De même, plus tard, ce sera aussi dans une scène en extérieur, aux Champs-Élysées (p. 200), qu'il sera confronté, lui piéton cloué dans la boue de Paris, aux calèches aériennes des dames du noble Faubourg et à la toise annihilante de leurs regards.

Pour Lucien, jeune rat à peine sorti de son trou, « gabant, sautillant » aux Tuileries (p. 181), son premier contact avec la jeunesse aristocratique est l'objet d'une analyse en forme de monologue intérieur. Plus sont coquets de costume et de manières les « jeunes gens des familles du faubourg Saint-Germain », plus il s'en veut de ses désastres vestimentaires. Le châtiment suprême est d'ordre explicitement social : voir portée par un garçon épicier la « cravate blanche à bouts brodés » que sa sœur lui a amoureusement cousue, à l'imitation des dandies angoumoisins (p. 182). D'ailleurs, il a des « gants de gendarme », un pantalon de nankin sans sous-pieds. D'où la crucifixion sans appel : « J'ai l'air du fils d'un apothicaire, d'un vrai courtaud de boutique » (p. 183). Ce que confirme l'implacable déduction de Mme d'Espard : « Cette mise de boutiquier endimanché prouve que ce garçon n'est ni riche ni gentilhomme » (p. 198).

Après ce prologue en forme de désenchantement vestimentaire, Balzac fait confluer dans une première scène à l'Opéra la suite du portrait en action de la haute société. Cette fois, pas de *panopticon* : la prise en considération du social se fait, de manière oblique, par une sorte de caméléonisme entre énoncé et énonciation. Manière pour le récit balzacien de se mettre en conformité avec le protocole allusif selon lequel fonctionne, dans l'univers mondain, le principe de *distinction*. Pour y être admis il faut, indépendamment de grâces d'état civil, condition *sine qua non*, être conforme au code. De là, double ostracisme : celui du contrôleur à l'entrée de l'Opéra ; puis, quand Lucien franchit cette barrière, celui des grandes dames et dandies : à coups de lorgnon à bout portant, ils détectent l'intrus. Il multiplie les impairs, accumulant les écarts de gammes par rapport à l'harmonie sociale (p. 189)[1] que requiert le « monde comme il faut ». La sanction ne se fait pas attendre ; Mme d'Espard lance sur lui la foudre d'un regard qui semble dire : « D'où sort ce jeune homme ? » (*ibid.*).

1. « Le principal mérite des belles manières [...] est d'offrir un ensemble harmonieux où tout est si bien fondu que rien ne choque » (p. 189).

Un pas de plus dans la logique de l'exclusion est franchi dans la scène suivante, lorsque Mme de Bargeton et sa cousine, se promenant au Bois dans une calèche, affectent de ne pas reconnaître Lucien qui se précipite pour les saluer, tandis que du Marsay le toise avec son lorgnon en forme de couteau de guillotine (p. 201). De quoi rêver d'être le Fouquier-Tinville de ces Argus de salon.

Autre manière de mettre en évidence la différence entre les deux aristocraties : le traitement réservé par le beau monde à la reine d'Angoulême. Mieux protégée par son statut de cousine de Mme d'Espard, Mme de Bargeton est loin d'être elle-même à l'abri de l'« ironie aristocratique » (p. 113), rempart social et marqueur de classe. Elle aussi fait des fautes d'habillement et de manières, et se voit sanctionnée par des sourires entendus. Accotée à une « femme à la mode » comme Mme d'Espard, en elle ressortent les « imperfections de la femme de province », « guindée, précieuse, prétentieuse » (p. 187). Ce qui confirme la subite perte de « valeur[1] » qui l'avait déjà affectée quand, privée de son cadre angoumoisin dans la misérable chambre de l'hôtel du Gaillard-Bois, Lucien avait enfin vu en elle « la femme que les gens de Paris voyaient ». Belle expérience de la variabilité des identités sociales, dépendantes à la fois du cadre et des spectateurs. Selon qu'on la voit dans son salon ou dans une chambre d'hôtel, selon que ce sont les provinciaux ou les Parisiens qui orientent ce regard, Mme de Bargeton change du tout au tout. Une preuve parmi tant d'autres que Balzac a, contrairement à ce qu'on a pu laisser entendre, une vision relativiste de l'identité.

1. « Il est en effet certaines personnes qui n'ont plus ni le même aspect ni la même valeur, une fois séparées des figures, des choses, des lieux qui leur servent de cadre » (p. 170).

LE MONDE ARTISTE

Face à ces deux mondes aristocratiques, ce qu'on appelle alors (mais depuis peu, en 1821), le « monde artiste ». Balzac se veut l'historien, mais aussi le Christophe Colomb de cette Amérique à peine sortie des limbes. Mais alors que dans la fantastique évocation des sphères sociales qui sert d'introït à *La Fille aux yeux d'or* [2], le monde artiste n'était saisi qu'en raccourci allégorique par un Dante pressé de faire le tour de ses cinq enfers[3], ici, comme *Illusions perdues* se veut le

2. *CH*, t. V, p. 1039-1051.

3. Dans l'ordre, les ouvriers, les commerçants, les hommes d'affaires, le « monde artiste », l'aristocratie.

roman de la littérature, l'évocation tend à la bruissante fresque. Tout le cœur du livre est voué à l'exploration de ce monde « plein de hauts et de bas » (p. 294), galaxie tournoyante plutôt que « sphère » détachable.

L'enquête est d'abord menée en surface par ce piéton de Paris qu'est Lucien, trop impatient de connaître les recoins du « monde littéraire » pour attendre un cicérone. Puis par le couple que forment Lucien et son « cornac », Virgile de ce nouveau Dante, mais aussi Baedeker sonorisé du Paris artiste. Comme ce monde a essaimé dans toute la capitale, ville-chaos, c'est à force de marches et de contremarches que sa topographie se dessine. Pour Lucien tout autant que pour ce touriste embarqué de force qu'est le lecteur, il y là un « spectacle inouï » (p. 294). De quoi nous faire visiter une série de panoramas, faits, non de cartons, de tulles et de lumières, mais à coups de phrases pittoresques.

Tombé de son astéroïde angoumois, notre petit prince a chu dans une mesquine chambre d'hôtel, rue de l'Échelle. Un point sur la carte du Paris 1821, pas du tout choisi au hasard[1]. Car si les amants ont voulu se loger là, c'est en vertu de leur Paris rêvé : pour être à deux pas de l'hôtel de Mme d'Espard, rue Saint-Honoré, et en plein centre culturel, dans le « beau quartier » (p. 207), celui du Palais-Royal et du Théâtre-Français. Après quelques escapades en chien fou dans ce paradis urbain meublé de « séductions vivantes », voici Lucien forcé de changer de planète. Lâché par Mme de Bargeton,

1. Voir dans notre « Dossier » les réflexions de Jeannine Guichardet sur la topographie parisienne.

il plie bagage vers le quartier Latin. Autre rive du Paris artiste, réputée pour son bon marché.

Logé à deux pas de la Sorbonne, dans un hôtel pour étudiants, rue de Cluny, il investit les lieux-symboles de cette oasis studieuse : la bibliothèque Sainte-Geneviève, puits de science, le Luxembourg, poumon rousseauiste, Flicoteaux, mangeoire pour étudiants que célèbre un hymne drolatique.

De la topographie d'une cité alors strictement délimitée en zones, Lucien va parfaire sa connaissance par l'exploration d'un troisième lieu du Paris artiste, alors dans tout son lustre : « le boulevard » (p. 331). Véritable « ceinture de Vénus » de la ville[1]. Soit, d'ouest en est, la large percée plantée d'arbres qui va du boulevard de Gand (près duquel habite Rastignac, rue Taitbout), jusqu'au boulevard du Temple où se tiennent les petits théâtres (dont le Panorama-Dramatique où joue Coralie), en passant par le boulevard Poissonnière, aux abords duquel sont les locaux du journal de Finot, rue Saint-Fiacre.

1. *La Fille aux yeux d'or*, *CH*, t. V, p. 1045.

Chacune de ces trois zones principales est caractérisée par des lieux types du « monde artiste » : les Galeries-de-Bois, pour le Palais-Royal, Flicoteaux pour le quartier Latin, l'intérieur du Panaroma-Dramatique pour le boulevard. Véritables machines à produire du social, ce sont autant de lieux déjà transformés ou détruits, vingt ans après, au moment où Balzac fait son récit, en historien sensible au temps qui passe, et qui, non sans mélancolie, se tourne vers « Ce qui disparaît de Paris[1] ».

Se déployant dans l'espace-temps de la topographie urbaine, le monde artiste se décline selon d'autres logiques complémentaires : la logique hiérarchique, qui sépare haute et basse littérature, grands et petits journaux, grands théâtres et théâtres secondaires ; le critère idéologique, qui oppose libéraux et royalistes, classiques et romantiques, ces deux clivages se recroisant selon une logique perverse qui fait que les progressistes en politique sont « stationnaires » en littérature tandis que les partisans de la « nouvelle école » sont *ultras*.

Quatrième critère de distinction, selon lequel est organisée la visite guidée que constitue *Un grand homme de province à Paris*, celui qui sépare les divers secteurs du monde artiste : le journal, la librairie, le théâtre. Le côté systématiquement taxinomique de cette exploration est avoué en ce qui concerne les libraires, dont sont distinguées cinq « variétés », que scandent les titres de chapitre dans l'édition originale : dans l'ordre, Vidal et Porchon, libraires-commissionnaires (p. 215), Doguereau, « le libraire de la vieille école » (p. 220), Barbet, « le libraire escompteur », « marchand de ferraille littéraire » (p. 266), Dauriat, « le libraire fashionable » (*ibid.*), Fendant et Cavalier, simples « marchands de papier noirci » (p. 417). Mais on le retrouve dans l'évocation des « différents corps » de « rédacteurs » journalistiques (p. 250) tout comme dans l'évocation des métiers, petits et grands, qui concourent à l'illusion théâ-

1. Titre d'un fragment de *L'Hôpital et le peuple,* paru dans le tome II du *Diable à Paris* en janvier 1845 *(CH,* t. XII, p. 575-581).

trale : auteurs, acteurs, figurants et comparses, régisseurs, directeurs de salles, souffleurs, machinistes, contrôleurs, chefs de claque, revendeurs de billets, etc.

Enfin, un cinquième critère de distinction fonctionne, vertical celui-là : celui qui oppose les surfaces miroitantes de ce palais des glaces à ses ténébreux envers.

La description des différentes sphères du monde artiste est articulée sur l'exploration des espaces publics qui leur sont associés : boutique-carrefour du sultanesque Dauriat, au Palais-Royal, locaux du journal dirigé par Finot, rue Saint-Fiacre, coulisses du Panorama-Dramatique boulevard du Temple. Autant de lieux phares que le roman évoque au moyen de morceaux de bravoure, où le propos socio-historique se teinte de drolatique et de poésie. Conformément à l'anthropologie balzacienne qui pose un déterminisme réciproque entre la coquille et son habitant, une revue des « intérieurs » complète cette topographie, depuis les mansardes des intellectuels besogneux du quartier Latin jusqu'aux maisons des actrices entretenues, telle celle de Coralie, rue de Vendôme[1], « ravissante création du luxe » que Camusot a parée des plus riches étoffes du « Cocon d'Or ». (p. 331).

1. L'actuelle rue Béranger, à deux pas du boulevard du Temple.

Uni malgré les différences de niveau intellectuel et de mode d'habitat qui distinguent les deux « conjoints », le couple canonique constitué par l'écrivain (ou le journaliste) et l'actrice (ou la danseuse). C'est la molécule de base autour de laquelle gravite le monde artiste. Nous en avons ici quatre exemplaires :

Lucien/Coralie, ménage vedette, mais aussi Lousteau/Florine, Hector Merlin/Mme du Val-Noble, du Bruel/Tullia. Complétés par la figure du protecteur riche (« vieilles bêtes du commerce », comme Camusot et Matifat, ou aristocrates, comme le duc de Rhétoré qui patronne Tullia), de tels trios sont la providence des soirées, des soupers, des orgies. Activités rituelles malgré la liberté du ton qui y règne, et par lesquelles s'exprime la récente « vie de bohème » (p. 398[1]). Déjà, elle marque de son style la galaxie « artiste », à laquelle s'agrègent des satellites venus d'autres parages : dandies et « viveurs », femmes de la haute société ravies de s'encanailler, étrangers en mal de couleur locale, etc.

1. Voir aussi p. 349 : « [...] il fut saisi par les pittoresques aspects de cette vie de Bohême et jeta le gant à la face de la Fortune [...]. »

LA GRIFFE DE L'HISTOIRE

Conformément à son projet d'historien, Balzac ne se contente pas d'une spectrographie sociale schématique. Sensible à la relativité historique, les mondes dont il évoque la fuyante trajectoire se meuvent dans l'espace-temps. Chaque époque est hantée par les précédentes. Y voltigent des spectres de divers âges : la République, le Directoire, l'Empire, la Restauration[2], soit les « quatre drames » du passé récent (p. 379). À qui sait les décrypter, les lieux, les personnes, les mots portent l'empreinte de l'histoire : ce qui induit une profondeur de champ temporelle qui complique la volumétrie sociale.

L'action du roman est située de manière

2. « Les morts de la République, les mourants de l'Empire, les squelettes de la Restauration voltigent parmi nous » (*O D*, t. II, p. 739-740).

précise. La première partie commence en mai 1821 (p. 50) pour s'achever entre septembre et novembre de la même année, date du voyage à Paris de Lucien et de Mme de Bargeton ; nous sommes en août 1822 lorsque la mort de Coralie clôt la deuxième partie ; et la troisième partie fait du surplace jusqu'en septembre de la même année, l'auteur voulant recroiser la chronologie du volume antérieur, et s'empêtrant dans les dates. Mais, non content de fixer l'époque à laquelle est située l'action, Balzac multiplie les références historiques pour ajouter du relief temporel au récit.

Le *flash-back* qui introduit le roman poursuit une double fin : écrire l'histoire de l'imprimerie Séchard et celle de cet *homme-monde* qu'est le vieil imprimeur, toutes deux liées à la grande Histoire. Car c'est grâce à la réquisition faite de sa typographie par la Convention que cet ancien pressier analphabète a pu devenir maître imprimeur (p. 30). Et si c'est la Terreur qui a fait un prote du ci-devant comte de Maucombe, c'est un abbé réfractaire qui le remplace en 1795, date à partir de laquelle le comte a pu vivre à découvert ; cela jusqu'au jour où le Premier consul rétablit le culte (1801). Mais comme Balzac aime les dérapages contrôlés dans le fantastique historico-social, ces deux ex-*singes* de la maison Séchard vont se retrouver, à la Restauration, l'un comte, l'autre évêque, sur le même banc de la Chambre des Pairs (p. 30) !

Même souci d'inscrire dans l'histoire ces personnages emblématiques de l'aristocratie provinciale que sont M. de Nègrepelisse et M. de Bargeton. « Gentilhomme oublié dans sa gentilhommière », le père de la future Mme de Bargeton n'en est pas moins l'obscur rejeton d'une famille qui remonte à Saint Louis (p. 59). Malgré son goût pour le commerce, il passe à bon droit pour un reste imposant de la « vieille noblesse française » (p. 158). Quant au mari de la dame, drolatiquement surnommé Bargeton V, le Muet (p. 59), à la royale, il est l'arrière-petit-fils d'un Jurat de Bordeaux, anobli sous Louis XIII. Deux destins qui ont pour fonction d'inscrire le récit dans une ample perspective historique où la Révolution joue un rôle clé. Car si elle a incité l'avare géniteur de la petite Anaïs à donner un abbé pour précepteur à sa fille, elle a fini d'écorner la fortune de M. de Bargeton. Quadragénaire endommagé, il sera flatté d'épouser, en 1805, une Nègrepelisse qui a vingt-deux ans de moins que lui.

La Révolution a aussi marqué le destin des ascendants de Lucien : faisant un chimiste de M. Chardon, chirurgien-major des armées républicaines réformé pour cause de blessure, elle a permis son union avec une demoiselle de Rubempré devenue orpheline, et sauvée par lui de l'échafaud (p. 46). C'est en revanche d'un héros de l'armée napoléonienne, mort à Wagram (1809), que Mme de Bargeton a été secrètement amoureuse (le marquis de Cante-Croix). Marqués eux aussi par l'époque impériale, le libraire Doguereau, professeur de rhétorique devenu libraire, tout comme Giroudeau, ex-grognard devenu cerbère de petit journal. Quant au baron du Châtelet, c'est un véritable homme-Empire. Voir l'article vengeur que Lousteau consacre à cet « ex-beau » qui, au terme d'un louvoiement habile, finit préfet de la Charente sous Louis XVIII (p. 318). Ce « papillon impérial » (p. 75) reste marqué par son époque : son corset le dénonce tout comme sa Légion d'honneur, son talent au billard tout comme la « romance chevaleresque » qu'il chante dans les salons (p. 118).

Comme il s'est penché sur le passé, le roman regarde vers l'avenir. Juillet 1830 est ici la date phare, que laissent présager déjà les avanies que la bourgeoisie subit de la part des hobereaux provinciaux, « société de ganaches » (p. 74), elle-même méprisée par la noblesse de cour. Ce qui donnera une « effroyable » unanimité à l'insurrection de 1830 » (p. 58). Par éclairs, le roman dépasse même cette borne : c'est le 6 juin 1832 que tombe Michel Chrestien au cloître Saint-Merri. Quant à l'épilogue qui termine la troisième partie, il nous entraîne encore plus loin : jusqu'en cet an de grâce 1842, qui fait du grand Cointet un pair de France et un ministre du Commerce. Folle envolée de caméra vers le ciel...

Écrit sur une période d'une quinzaine d'années sous la monarchie de Juillet, *Illusions perdues* n'en reste pas moins un roman Restauration. Ce qui est le cas de l'ensemble du cycle, puisque *Le Père Goriot* commence en novembre 1819 et que le suicide de Lucien, qui termine la troisième partie de *Splendeurs et misères des courtisanes*, a lieu le

15 mai 1830 (avant cet épilogue que constitue *La dernière incarnation de Vautrin*). Période centrale pour *La Comédie humaine* : pour Balzac, celle de son entrée en littérature et, sur le plan de l'histoire sociale, un âge où les distances étaient bien marquées, mieux qu'en cette monarchie bourgeoise qui le pousse à se plaindre de la difficulté qu'il y a à créer des personnages dans un univers saisi par cette stéréotypisation qu'évoque la Préface *d'Une fille d'Ève*, en 1839[1].

1. « Jadis la caste donnait à chacun une physionomie qui dominait l'individu ; aujourd'hui l'individu ne tient sa physionomie que de lui-même » (*CH*, t. II, p. 263).

DÉCRYPTER LE SOCIAL

Roman historique du passé proche, *Illusions perdues* ne se contente pas d'une théorie passe-partout de l'évolution de la société, ou d'une simple inspection d'huissier de son « mobilier social ». Tout comme l'abbé Herrera, son porte-parole à cet égard, ce qui intéresse Balzac, c'est, non l'histoire pour manuels, sagement divisée en périodes, mais l'histoire secrète, scandaleuse, qu'un « délicieux conteur de société vous fait en une demi-heure ». Histoire qu'on ne peut attraper en se fiant à la chronologie, car « il n'y a rien qui soit d'un seul bloc en ce monde ». D'autant que le romancier contemporain a devant lui un modèle extrêmement remuant, le XIXe siècle[2].

2. Préface d'*Une fille d'Ève*, *CH*, t. II, p. 265.

Ce que Balzac veut saisir, ce sont moins les tendances d'ensemble que les différenciations infinies que la pression de la société produit sur ses divers membres. Car « l'état social adapte tellement les hommes à ses besoins et les déforme si bien que nulle part les hommes n'y sont semblables à eux-mêmes » (p. 685). Balzac veut surprendre le marquage social à même le corps des individus. Ce qui, plus encore qu'un historien ou un sociologue, fait de lui un *sémiologue de la socialité*, très conscient de son projet, comme le montrent les quelques pans sortis de l'ombre de ses *Études analytiques*, au premier rang desquels la *Théorie de la démarche*[1].

Sémiologue, oui : car ce sont bien des *signes* que le narrateur veut interpréter, des hiéroglyphes sociaux dont il veut se faire le Champollion. Remarquons le métalangage auquel il a recours, pour décrypter sur le front de d'Arthez le « *sceau* que le génie imprime au front de ses esclaves » (p. 223), guetter dans sa chambre les « *symptômes* d'une âpre misère » et dans son achat de bougies « *l'indice* d'une exquise sensibilité » (p. 227). De même, transformés en « espions », le baron du Châtelet et M. de Chandour traquent le moindre « indice » (p. 147) susceptible de trahir des relations entre Lucien et Mme de Bargeton. Tout ici est *trace* (p. 384), marque (p. 247 et 271), *signe* (p. 173, 189, 289). D'un signe Du Bruel laisse entendre à Coralie que Lucien consent à l'aimer (p. 308). D'un signe, Mme d'Espard demande à la comtesse de Montcornet d'inviter Lucien à sa soirée (p. 403).

Le social est *langage*, langage à décrypter, comme nous le donnent à entendre deux passages significatifs. Dans le premier, le narrateur nous dit de M. de Bargeton qu'il

1. *CH*, t. XII, p. 259-302. Ce texte est paru dans *L'Europe littéraire* en août-septembre 1833. Sa première édition en volume fut posthume (Paris, Eugène Didier, 1855).

« avait adopté le sourire du danseur pour unique langage » (p. 94). Dans le second, il diagnostique en termes de non-compétence sémiologique l'attitude de Lucien à l'Opéra, hurluberlu foudroyé par l'indifférence des « gens comme il faut » : « [...] il était [...] là comme un étranger qui ne savait pas la langue » (p 192). Deux emplois significatifs de ces termes de « langue » et de « langage » en leur sens sémiologique : soit donc de manière à inférer, bien avant Saussure, qu'une translinguistique du social est à inventer, comprenant des rubriques telles que l'étude de la gestuelle mondaine ou de la danse de société. Appliquant déjà cette science à faire, Balzac aime à surprendre des gestes « plus éloquents que le discours » (p. 224), s'amuse à traduire airs et regards en termes d'énoncés linguistiques. Ainsi lorsque M. du Châtelet prend face à Lucien « un air sardonique par lequel il semble dire : Par quel hasard se trouve-t-il là ? » (p. 193) ; ou bien lorsque M. de Bargeton regarde son interlocuteur avec « ses gros yeux vairons d'une façon qui signifiait : *Vous dites ?* » (p. 95).

Systématiquement sensible à ces *marqueurs de socialité* que sont les attitudes, les gestes, les sourires, les regards, les façons de se nourrir, de se vêtir et de parler, Balzac réinvente le genre romanesque en attachant ses destinées nouvelles à la construction d'une grille sans précédent au moyen de laquelle *décrypter la comédie humaine.* Ce qui ne va pas sans une distribution des tâches dans le champ épistémologique nouveau qu'ouvre le chantier balzacien : mise en place du sujet de cette science à faire, prise en compte de la théâtralisation des conduites à décrypter, formalisation de leurs différents codes.

L'ESPIONNAGE GÉNÉRALISÉ

Tantôt, c'est le narrateur balzacien en personne qui assume cet espionnage de la vie privée et son interprétation. Tantôt, ces deux fonctions complémentaires sont confiées à des observateurs délégués : « quelque perspicace observateur » (p. 65), des « espions invisibles » (p. 548), un « penseur ». Tantôt enfin, ce sont les personnages eux-mêmes qui se chargent du décryptage. Dans ce dernier cas, l'interprétation est au cœur même de l'intérêt romanesque. Ne pas comprendre la signification d'un salut, d'une inflexion de voix, cela peut entraîner de tragiques méprises. Tout le roman est ainsi fondé sur les conséquences vitales de telles mauvaises lectures, qui affectent au premier chef les deux jeunes gens. Pour eux, apprendre, c'est d'abord apprendre à interpréter.

Mais alors que David fait des progrès jusqu'à devenir le « grave et observateur David » (p. 143), Lucien reste inexpert. Sauf lorsque, par une anticipation masochiste, la « seconde vue » propre aux « gens de talent » lui fait entrevoir ses malheurs à venir (p. 200), il ne sait pas « analyser sa maîtresse » (p. 76), comprend à retardement les dénis d'existence que lui signifient les gens du monde. Plus tard, devenu à son tour dandy à monocle, il perd, en raison de la vie dissolue qu'il mène, « cette lucidité d'esprit, cette froideur de tête nécessaires pour observer autour de lui [...] » (p. 412). Faute impardonnable dans *La Comédie humaine* où les hiérarchies sociales sont redoublées par l'étalonnage qui est fait des individus en fonction de leur aptitude à « espionner », puis à « déchiffrer ». Car, dans cette société policière, les sujets ne sont pas seulement guettés comme porteurs de signes à décrypter, mais aussi testés en tant que lecteurs du social.

S'il est des cas où le sens se *trahit*, s'offre en direct à l'interprétation, il est parfois besoin de le soumettre à un *examen* scientifique, ou de le *deviner*. Une hiérarchie des interprètes se met ainsi en place : au plus bas, les naïfs, qui ne savent ni regarder ni analyser ; au sommet, les espions affûtés dont le pouvoir tient à leur puissance herméneutique.

Dans certains cas, un tel pouvoir ne fait que confirmer leur place dans la hiérarchie sociale. Ainsi chez la marquise d'Espard, souveraine au pays de l'interprétation, puisque, par nature, « une femme du monde voit tout » (p. 190). Ainsi chez le baron du Châtelet qui, bien que renonçant occasionnellement à « déchiffrer » le cœur de cette « femme altière » qu'est Mme de Bargeton (p. 152), est ordinairement doté de l'« attention stratégique » du roué (p. 88) et de l'acuité d'observation du diplomate.

Dans les basses classes, en revanche, cette faculté compense à elle seule la dévaluation sociale. Par pure nécessité d'état chez les avoués (tel Petit-Claud), qui ont la faculté de pénétrer « tout aussi bien dans l'âme de leurs clients que dans celle des adversaires » (p. 527). En raison de son avarice chez le père Séchard, car elle a « comme l'amour un don de seconde vue » (p. 43). Et puisque les frères Cointet y ajoutent la sagacité de l'ambition, reste à Ève Séchard, « divine devineresse » (p. 72), de mobiliser le « tact particulier aux femmes » (p. 499).

Là est le principe de la lutte rocambolesque qui est au centre de la troisième partie, lorsque ce roman de l'interprétation s'emballe jusqu'à devenir un roman policier.

LA COMÉDIE HUMAINE

Nul titre plus en accord avec le projet d'ensemble de Balzac, si l'on en juge par l'attention constante que met le narrateur d'*Illusions perdues*, tout comme les plus lucides de ses personnages, à débusquer poses et mises en scène. L'« observateur » sait ici d'avance qu'il n'a pas affaire à une réalité originelle, mais à sa version scénarisée *sous le regard d'autrui*. La pose est la norme, le naturel l'exception. Pour dire le codage scénique des comportements, le métalangage théâtral est sollicité. Plus encore qu'au Panorama-Dramatique, le théâtre est dans la rue, au salon. À l'Opéra, plus dans la loge que sur scène. Comme la haute société est un théâtre (p. 81), il est normal que Mme de

Bargeton s'y montre dans une « mise théâtrale » (p. 99), que Sixte du Châtelet soit à la fois un acteur qui retrouve avec émoi les « planches de son théâtre » (p. 179) et un metteur en scène qui veut « diriger tous les acteurs » (p. 146). Partout jeux de rôle sur le théâtre de la vie privée. Mme de Bargeton qui se met en rose, se coiffe à l'enfant (p. 63) ; le baron, fidèle à son « rôle de jugeur » que rien n'étonne (p 112) ; mais aussi Lucien qui joue « le rôle d'un héros de petite ville » (p. 140). Plus tard, quand il veut reconquérir Mme la préfète, il quête des habits décents pour « jouer le rôle de jeune premier » (p. 603).

Partout des « faiseurs » : M. du Châtelet qui *fait* le malade (p. 68), M. du Hautoy qui *fait* « l'homme de petite santé » (p. 103) ; M. du Bartas qui, après avoir beuglé un de ses airs, *fait* le modeste (p. 102). Si Lucien n'a pas le courage de « faire de la fierté » (p. 285), il existe dans le monde politique de la Restauration une foule d'auteurs qui « faisaient de la monarchie et de la religion, selon une expression consacrée » (p. 436-437). Ce qui indique que la stéréotypisation des comportements n'est pas le propre de la vie privée, mais se retrouve à l'étage supérieur, dans la vie intellectuelle et politique. Il y a aussi des attitudes préfabriquées en littérature, des « systèmes » rivaux, des *prêt-à-être* auteur différenciés, entre lesquels l'impétrant doit choisir.

Pour orienter la réception de sa propre image, chacun prend la pose. Au sens propre, comme Stanislas qui décline « ses poses les plus agaçantes » (p. 113), ou comme Lucien qui se « pose[e] fièrement » pour déclamer (p. 111). Mais aussi au sens figuré : voir Canalis, qui se pose comme « l'attentif » de Mme d'Espard (p. 191), et Lousteau, qui se pose « en maître devant Lucien » (p. 287). De la « pose » à la « position » il n'y a qu'un pas : car c'est sur le plan scénique que se joue le jeu de go social. Pour réussir, l'essentiel est de jouer un des beaux rôles prévus par le répertoire, et de bien user du « manège » (p. 389) et de la « grimace ». Ce que Coralie l'actrice sait mieux que quiconque, elle qui encourage son amant en ces termes : « [...] donne-leur des grimaces pour leur argent, et vivons heureux » (p. 380). Conclusion opportuniste d'un savoir auquel Balzac est lui-même parvenu, lui qui a appris que la dictature de l'apparence est plus forte même que celle de l'argent : « [...] car les hommes, rassemblés en troupe, sont encore plus hypocrites qu'ils ne le sont quand leur intérêt les oblige à jouer la comédie » (p. 628).

SÉMIOLOGIES CORPORELLES

Point trop pourtant de tels propos de moraliste offusqué : la stéréotypie scénique des attitudes est une loi incontournable. Et une véritable aubaine pour le romancier sémiologue qui ne se prive pas de quadriller le réel social selon les manières de s'habiller, de se mouvoir, de parler, de sourire, de regarder, etc.

Qu'il s'agisse de la « mise du matin » (p. 181) de Mme de Bargeton, du pantalon râpé du grand homme de province, ou de l'« espèce de mise en scène » (p. 183) par laquelle les dandies parisiens signifient leur appartenance sociale, tous ces atours sont des estampilles. Honte à qui n'a pas le costume de chez Staub, le chapeau de chez Herbeau. Sourires en coin et sarcasmes discrets lui signifient sa « mise à l'index » (p. 171).

Aussi lisibles que ces « grandes petites choses » (p. 84) qui composent l'apparat vestimentaire, l'attitude, les gestes, la façon de se mouvoir. Balzac ne s'est pas voulu en vain théoricien de la démarche ; mais il est aussi grand connaisseur des « airs », des « manières », des « façons ». Il débusque l'« attitude de criminel » qu'a David au moment de déclarer sa flamme (p. 94), « l'air heureux et dégagé » des dandies (p. 184), « l'air cavalier » de Mlle de Nègrepelisse (p. 61) qui, après son mariage, devient un « air tout à fait royal » (p. 78). Chacun veut donner le change en imitant le comportement d'un clan supérieur. D'où la copie conforme que Mme de Bargeton fait des façons de sa cousine (p. 200), et le « cours de belles manières » que Lucien prend sur le boulevard. Innombrables, les formes de la prétention quand elle se fait geste, démarche, attitude. Chacun se hausse du cran qu'il peut : bientôt Lucien s'exprime lui aussi « sultanesquement » (p. 307), Lousteau se carre en maître de maison devant la cheminée de Florine (p. 311), tandis que le bourgeois Camusot « tranch[e] du grand seigneur » (p. 303). Quant à M. du

Bartas, il se contente de pousser sur ses talons (p. 102)...

La grimace sociale culmine dans un répertoire de gestes dont notre sémiologue déploie la savante chorégraphie, non sans en traduire le sens en termes de rentabilité sociale. Ainsi du « trémoussement serpentin » qu'émet la Béatrix d'Angoulême à la première visite de son poète, et que celui-ci s'accorde à trouver « distingué » (p. 73). Le seul Dauriat est décrit au moyen de trois gestes caractéristiques : un « geste royal » (p. 286), un « geste d'homme occupé » (*ibid.*), un « geste d'une révoltante familiarité » (p. 284). Quant à ses « façons royales », elles sont un comportement voulu qui a une visée commerciale : « passer plutôt pour un Mécène que pour un libraire » (p. 372). Bien sûr, le geste féminin a son esthétique et son érotique, ce qui nous éloigne en principe d'une grammaire sociale de la gestualité. Ainsi de ce « geste adorable » par lequel Coralie console Lucien (p. 333), ou de son « admirable petit mouvement d'épaules » (p. 319). Mais la socialité n'est jamais bien loin : témoin le « geste de souveraine » par lequel elle écrase le bourgeois Camusot (p. 347).

Sensible à la gestuelle hypercodée du salut, Balzac épingle le « faste [des] révérences » de Mme de Bargeton (p. 106), les syntagmes mimiques du baron du Châtelet. Pour écraser Lucien, empêtré dans une non-conversation avec M. de Bargeton et cherchant laborieusement à se composer une attitude, lui salue prestement le maître de maison d'une « petite inclination de tête qui était alors à la mode » (p. 98). Plus tard à l'Opéra, son agressivité à l'égard de son rival va de nouveau se loger dans sa manière de saluer : « un de ces petits saluts secs et froids par lesquels un homme en déconsidère un autre, en indiquant aux gens du monde la place infime qu'il occupe dans la société » (p. 193). Juste revanche pour les agressions du même ordre qu'il a subies de la part de Mme du Châtelet, l'assassinant de ses révérences là où il quêtait une gestuelle plus expressive.

POUR UNE SOCIOLOGIE DES « *PARLOTTES* »

Dans « Des mots à la mode », en 1830, Balzac se proposait de « passer en revue » les « idiomes de quelques salons de Paris », en ayant soin de distinguer « les sectes, les doctrines et les quartiers ». Et il ajoutait, non sans ironie : « [...] ces élégants dialectes dans lesquels le français entre pour beaucoup, ont reçu le nom de *parlottes*[1]. » En termes modernes, il y avait là un projet d'analyse sociolectale des façons de parler, auquel la société *d'Illusions perdues* offre un vaste champ d'exploration.

1. *OD*, t. II, p. 755.

Constante, sa propension à analyser en termes sociologiques la parole de ses personnages. Car il y a des parlers de classe. C'est parce que David a peur que ses manières de langage, confirmées par son apparence physique, fassent détecter en lui un « ouvrier », qu'il renonce à paraître dans le salon de Mme de Bargeton (p. 91). Quant aux harengères des Galeries-de-Bois, c'est tout naturellement dans le « langage de la Halle » qu'elles s'expriment (p. 274), complétant leur « vocabulaire fécond » par d'éloquentes « inflexions de voix ». Systématisant cette sociologie de la parole, Balzac complète la description des différentes sphères sociales par leurs manières caractéristiques de parler : nullité des conversations du salon Bargeton, perfidie de la parole des « femmes comme il faut », loquacité sarcastique des journalistes, parole grave du Cénacle, etc.

À Angoulême, Lucien interrompt le flux des caquetages de salon par une déclamation d'emphase inusitée qui déclenche « les hiatus sympathiques de quelques mâchoires violemment entrebâillées » (p. 107). Pendant ce temps, chacun veut placer son couplet : l'un faire tomber la conversation sur un passage de Cicéron lu le matin, l'autre sur la culture du ver à soie, tandis qu'un troisième cause agriculture. À chacun sa tessiture : à M. du Bartas, sa voix de basse, avec laquelle il chante « en manière d'hallali » (p. 71), à Mme de Chandour, « belle parleuse », les « sifflements d'un asthme inavoué » (p. 101). Idiotismes sonores, qui collaborent à la connivence à mi-voix de ce salon peu inspiré, où les rumeurs circulent à la vitesse de la foudre.

Au centre de ce conservatoire de la parole provinciale, le diptyque grotesque constitué par M. et Mme de Bargeton, lui, muet, elle, empilant d'« immenses phrases bardées de mots emphatiques » (p. 64). Tandis que la dame prend la lyre pour des bagatelles, prodigue les superlatifs et viole la langue, son mari réduit au minimum sa consommation de langage. Proscrivant même comme inutile dépense le recours aux « lieux communs de la conversation », il se contente de rendre compte des menus accidents de sa vie physiologique. Pour lui, un tête-à-tête est une angoisse qui complique sa vie digestive, l'obligeant à puiser des borborygmes inouïs « dans l'immensité de son vide intérieur » (p. 95)[1].

C'est tout au contraire la « désinvolture » (p. 194) qui caractérise les dandies parisiens, aussi « à l'aise par la parole » que par leurs habits, sachant accompagner leurs « reparties » piquantes par l'élégance des « jolies bagatelles » qu'ils manient en parlant. De même, Mme d'Espard aime à parler « sous l'éventail » (p. 196). Son « parler délicat » est en harmonie avec ses « jolies petites manières ».

Enfin, l'opposition du Cénacle et des journalistes se joue aussi à ce niveau : à la parole religieuse de d'Arthez, à la conversation de ses amis, où l'épigramme reste bon enfant, s'oppose la conversation « moqueuse, spirituelle, méchante » (p. 366) des journalistes : celle de Vernou, dont les reparties âcres se retrouvent dans « l'acerbité de sa phrase, [...] travaillée comme un stylet » (p. 343), celle d'Hector Merlin, dont les phrases blessent « comme la lame d'un poignard » (p. 335). Car s'il est des gestes plus éloquents que le langage, Balzac sait aussi que les mots sont des actes. S'ensuit une hypersensibilité à la force *illocutoire* du langage, aussi manifeste dans les blessures qu'occasionne l'épigramme

1. Voir sur cette scène l'analyse de Florence Terrasse-Riou dans le Dossier.

que dans le pouvoir qu'a Herrera d'interrompre le suicide de Lucien en le tenant sous le charme de sa « conversation cynique » (p. 629).

Par cette attention aiguë aux « parlures[1] », le roman balzacien se fait tout à la fois critique et polyphonie du langage, tout comme il est critique et mise en fable de la littérature.

1. Pour la définition de ce concept linguistique voir É. Bordas, *Balzac, discours et détours. Pour une stylistique de l'énonciation romanesque*, Presses universitaires du Mirail, 1997, p. 33 et suiv.

V LE ROMAN DE LA LITTÉRATURE

Point d'autre roman qui, par vocation élective, ait à ce point placé la littérature au cœur du récit. Mais ce roman *sur* la littérature, sur les révolutions qui affectent cette création sans précédent qu'est le « monde littéraire », est aussi roman *de* la littérature, dans tous ses états : espace d'illusion tout autant qu'univers social à inventorier. Tout un monde, certes, mais de ceux qu'on explore au risque de sa vie.

LES VICTIMES DU LIVRE

Ce *romanesque de la littérature* s'ancre d'emblée dans le fait que le héros rêve la littérature comme un monde idéal à investir. Rêve qu'il partage avec bien de ses contemporains : elles sont légion, dira Lousteau, les

« ambitions imberbes » (p. 261) qui veulent s'élancer à l'assaut de cet Eldorado littéraire qu'est Paris (p. 160). Pour Lucien, qui n'est que l'un d'entre eux, la littérature est l'objet de sa *quête* : un univers mirage, où s'entretissent les biographies rêvées des écrivains en renom, aux « existences poétiques et dramatiques » (p. 64), et la *matière à songes* de leurs œuvres. Devenir écrivain, c'est pour lui un rêve, comme ce l'a été pour le jeune Balzac s'enfermant à Paris, rue Lesdiguières, pour écrire une tragédie en cinq actes, à l'automne 1819. Il faut avoir en vue cette secrète archive pour comprendre ce soupir mis dans la bouche de Lucien, qui n'a écrit, lui, qu'un roman historique et des sonnets : « Être auteur dramatique, se faire jouer, quel rêve caressé ! » (p. 214)[1].

Mais avant de vouloir devenir écrivain, Lucien a été un lecteur, lui aussi affecté de ce *bovarysme*, si commun en province : celui de Mme de Bargeton, de Modeste Mignon ou de Mme de la Baudraye. Mêmes lectures (Schiller, Goethe, Byron, Walter Scott, Jean Paul, Lamartine, Senancour, ces « grands foyers », p. 53). Mêmes cultes aussi, puisque « la poésie est chose sainte » (p. 115). Comme aurait dit Jules Vallès, Lucien est lui aussi une *victime du livre*[2]. Le monde idéal que propose la littérature, c'est à travers les poésies d'André Chénier, éditées par Latouche en 1819, qu'il l'a entrevu. Et, de concert avec David, il va jusqu'à faire du Chénier dans la vie, puisque chacun donne à son idéale maîtresse les traits de la Camille du poète (p. 54).

1. Même jeu pour la mention primitive de l'Arsenal en lieu et place de Sainte-Geneviève. Voir la variante et la note (*CH*, t. V, p. 1240).

2. Titre d'un des chapitres des *Réfractaires* (1865) (voir le Dossier).

Pour Lucien, la littérature rêvée se décline sur le registre héroïque : elle est « travail », « amour de l'art » (p. 53 et 257), et surtout « invincibles élans vers la gloire » (p. 257), « nobles triomphes du génie » (p. 295). Mais elle est bien plus encore : accès à un monde meilleur où les écrivains lui donneront « l'accolade fraternelle » (p. 160), et enfin suprême incarnation de l'idéal. Illusions que conforte le discours ultra-romantique de Mme de Bargeton qui, à son poète « introuvable », propose une vie dramatique de souffrances : celle des « génies », dont les douleurs sont le prix de l'immortalité (p. 118). Occasion d'une de ses plus prestigieuses « tartines ». Et la preuve que nous sommes en présence d'un cliché millésimé, c'est que l'évêque d'Angoulême tient lui aussi que la fatalité marque la destinée des « nobles esprits en qui Dieu met un de ses rayons » (p. 115). *Gloire et malheur* : c'est ce que proclamait déjà le titre original de *La Maison du chat qui pelote*, en 1829...

Vue sous cet angle, la littérature n'est pas « composition », travail, mais seul accès possible à cette « vie pleine », moins « atone », à laquelle rêvait déjà Mme de Berny (en 1822, justement), puisant elle aussi son inspiration chez Chénier[1]. Modèle évident de Mme de Bargeton qui, en faveur de son poète, reprend la même antienne. « Dieu vous garde d'une vie atone et sans combats, où les ailes de l'aigle ne trouvent pas assez d'espace. J'envie vos souffrances, car vous vivez au moins, vous [...] » (p. 118).

1. « [...] par lui et pour lui j'éprouve sans cesse ce bonheur, cette vie pleine, entière, réelle, cette vie dont parle Chénier [...] », dit Mme de Berny de son « bien-aimé » (*Correspondance*, Garnier, t. I, p. 234).

Mais comme le roman est construit sur le protocole : *illusions/perte des illusions*, l'expérience de la littérature n'échappe pas à ce modèle. Après la littérature idéale, voici la littérature réelle, aussi « infâme » que l'illusion était diaphane. C'est tout le sens de la « tirade » de Lousteau que de dévoiler la « cuisine de la gloire » (p. 302). Son enseignement sera complété par la conversation des journalistes, qui met Lucien « au courant des mœurs et du personnel de la littérature » (p. 366), tout comme par son expérience en direct des libraires (Dauriat) et des directeurs de journaux (Finot). Grâce à ces préposés au dévoilement, à lui de voir enfin les « choses comme elles sont » (p. 325) : le « jeu des rouages », le « mécanisme de toute chose », « l'envers des consciences » sous les somptueux endroits (p. 303).

Le principe central qui gouverne la littérature réelle, n'allons pas le chercher bien loin : c'est l'argent. Là est « le mot de toute énigme » (p. 281), le « point d'appui » (p. 185) de cet univers dont Balzac se veut l'Archimède. Ce que Lucien trouve à Paris, au lieu du monde poétique rêvé, c'est la « littérature industrielle », comme dira Sainte-Beuve dans un article de 1839, qui prend Balzac pour l'une de ses cibles[1]. Et peu importe si, dans les faits, cette industrialisation commençait juste en 1821, et si Balzac a un peu faussé la perspective en projetant sur ce début des années 1820 des phénomènes devenus plus

1. *Revue des Deux Mondes*, 14 septembre 1839, repris dans *Portraits contemporains*, t. III.

1. Date de lancement de *La Presse*, premier journal moderne, dirigé par Émile de Girardin. Un des Finot du jeune Balzac...

patents après 1836[1]. Le diagnostic d'ensemble n'en est pas moins juste : la littérature est bien déjà une machine sociale parmi d'autres. Pour les libraires, ces « logiques marchands de papier noirci » (p. 261), les livres sont « comme des bonnets de coton pour des bonnetiers » (p. 218). Quant aux écrivains, ce sont des « marchands de phrases » (p. 377), eux-mêmes aux ordres des libraires qui vendent leurs produits et des journalistes dont les « réclames » les font vendre.

De quoi justifier les lamentations du narrateur qui accuse ce mercantilisme d'être une forme de « prostitution », aussi infâme que l'autre. Où l'on retrouve un thème cher à Balzac, au moins depuis l'Avertissement du *Gars* (1828) qui évoquait cette « prostitution de la pensée qu'on nomme : *la publication*[2] ». Souvent filée, cette métaphore se déploie ici en une allégorie bardée de toutes ses harmoniques — d'autant plus que cette prostitution métaphorique est aussi une prostitution par métonymie, puisque, dans les Galeries-de-Bois, cohabitent à cette époque libraires-éditeurs et courtisanes. Quant à « ces mauvais lieux de la pensée appelés journaux » (p. 324), ce sont des « *lupanars* de la pensée » (p. 243).

2. *CH*, t. VIII, p. 1670

Ce devenir industriel de la littérature, le roman ne se contente pas de le métaphoriser ; il le décrit, nous faisant voir le monde littéraire par ses envers. À cela sert la visite des libraires, complétée par celle des théâtres et des journaux, autres machines à faire de l'argent avec des mots. C'est l'occasion pour le lecteur de faire connaissance avec une série de pratiques illégales, à propos desquelles Balzac vend la mèche, au grand dam de ses confrères, qui poussent les hauts cris à la parution d'*Un grand homme de province à Paris* : « chantage » (p. 421) exercé par les petits journaux sur les actrices, les libraires et les marchandes de modes ; revente de leurs billets de faveur par les journalistes ; « tributs en nature » par lesquels les annonceurs paient leur « sous-bienveillance » (p. 259), etc.

Balzac décrit ce *nouveau monde industriel* qu'est la littérature comme un univers impitoyable où l'*exploitation* est de rigueur. C'est le terme qui revient sous sa plume pour dénoncer ces « entrepreneurs » que sont les propriétaires de journaux, qui ont compris que « travailler n'est pas le secret de la fortune en littérature », et qu'il vaut bien mieux « exploiter le travail d'autrui » (p. 262). Mais victimes de ces « exploitateurs » (p. 318), les écrivains s'exploitent aussi entre eux. Témoin le sort qu'a subi Lousteau de la part d'un « misérable » qui s'est attribué ses articles pour passer rédacteur sur ces échantillons (p. 262).

Comme il s'est fait historien de l'imprimerie dans *Les Deux Poètes*, Balzac se fait historien de la librairie dans *Un grand homme de province à Paris*. Manière d'embrasser toute la « chaîne du livre ». Les aléas historiques de l'« annonce », de l'« affiche » (p. 368), des « réclames » (p. 369), les conditions restreintes dans lesquelles on pouvait, sous le régime de l'autorisation préalable, créer un journal, les alliances en sous-main entre journalistes de bords politiques différents, le fonctionnement de la « claque », toutes ces coulisses du monde littéraire sont exhibées.

Un décentrement s'opère ainsi de la vision ultra-romantique de la poésie comme inspiration, martyre du génie, etc., vers le réel de la production littéraire, pour la première fois montré dans sa turpitude industrielle. Le résultat est une démystification des mythes romantiques de la poésie. Plus de *sacré de littérature* dans un univers où le livre de poésie est sûr de finir victime du « lavage » (p. 463), où les divers produits, hiérarchisés selon les critères du marché, sont atteints d'une sénescence précoce due au tourniquet de la mode. La littérature, ce n'est plus seulement le poète de légende, aigle ou cygne, mais aussi la longue chaîne de ces métiers, petits ou grands, qui la font devenir livre : papetiers, pressiers, typographes, libraires, commis, voyageurs de commerce, actionnaires. etc.

LES ÉCRIVAINS SONT DES ROMANS

Face à ces industriels du livre, les écrivains proprement dits ne sont qu'une minorité, eux aussi simples exécutants aux ordres du marché. Sort général que partagent les plus haut placés dans la hiérarchie : Nathan, qui s'adonne à cet « art industriel » qu'est le théâtre, Canalis, « poète fait à coups d'articles » (p. 285). Seuls épargnés, Camille Maupin dans la « haute littérature » et, parmi les gloires montantes, les membres du Cénacle.

Du fait du retour des personnages, les écrivains ne font ici que des apparitions, à charge pour Balzac de continuer son roman de la littérature dans diverses œuvres écrites dans la même foulée, où chacune de ces figures passe à son tour au rang de protagoniste : Nathan dans *Une fille d'Ève* (janvier-août 1839), Camille Maupin et Claude

Vignon dans *Béatrix* (avril-novembre 1839), d'Arthez dans *Les Secrets de la princesse de Cadignan* (août 1839-1844), ou Bruel-Cursy dans *Un prince de la bohème* (août 1840-octobre 1844), Lousteau dans *La Muse du département* (1843), Canalis dans *Modeste Mignon* (1844). Autant d'écrivains, autant de romans. Ce qui est vrai de Balzac lui-même, selon Paul Bourget[1] et Marcel Proust[2], mais aussi de Lucien, que Petit-Claud épingle par cette exclamation cinglante : « Ce n'est pas un poète, ce garçon-là, c'est un roman continuel » (p. 648).

Mais si *Illusions perdues* s'étoile en récits qui renforcent son statut de roman de la littérature, la scène littéraire centrale est ici plus resserrée : elle oppose deux corps hostiles, le Cénacle et les journalistes. « Deux systèmes » (p. 264) entre lesquels Lucien est tiraillé. Ce qui permet une peinture par masses du monde littéraire, Balzac aimantant autour de ces deux pôles une volée de personnages secondaires.

1. Voir « Le Roman de la vie de Balzac », *La République des lettres*, 24 décembre 1876.

2. « [...] sa vie était un roman qu'il construisait [...] », *Contre Sainte-Beuve* [1909], Gallimard, coll. « Bibliothèque de la Pléiade », p. 266.

MONOGRAPHIE DE LA PRESSE PARISIENNE

En termes de personnel, le groupe des journalistes est représenté par les collaborateurs du « petit journal » libéral de Finot (Lousteau, Merlin, Vernou), auxquels se joint Blondet, des *Débats*, « un des princes de la critique » (p. 279). Dans le cours du récit, Théodore Gaillard s'apprête à fonder « un petit journal royaliste appelé *Le Réveil* », pour riposter au journal de Finot (p. 406), organe auquel collaboreront Merlin, Nathan et Lucien (lorsqu'il aura tourné casaque). Mais il est question aussi du « grand journal » libéral où écrit Vernou, comme de son équivalent ministériel auquel collabore Merlin. À ces personnages fictifs il faut ajouter quelques journalistes du monde réel, Benjamin Constant et le général Foy, côté libéral, et Martinville, « Bravo royaliste » (p. 464). De plus, pour mieux entre-tisser réel et fiction, Lousteau a du Latouche, tandis que Janin se profile derrière Blondet.

C'est le propre de la profession que de permettre des collaborations multiples, d'autant plus aisément que la signature n'est requise que dans les « journaux hebdomadaires » (p. 299-300). De là des alliances en sous-main entre bords politiques différents, et la possibilité qu'aura Lucien de consacrer pas moins de trois articles au livre de Nathan : le premier, hostile, publié dans le journal libéral auquel collabore Vernou ; le deuxième, favorable, dans un journal de centre droit ; le troisième, de « haute critique », dans la revue de Finot, le seul signé « DE RUBEMPRÉ en toutes lettres » (p. 380).

Entre ces divers organes, une hiérarchisation existe cependant : au sommet, les grands quotidiens, comme le *Journal des Débats* ; au bas de l'échelle mais profitant de la liberté que leur donne ce statut mineur, les « petits journaux » satiriques ; au milieu, les journaux dits hebdomadaires, tel celui que Finot rachète à bas prix. De même, au sein de chaque journal, les différents corps de rédacteurs sont hiérarchisés : du rédacteur en chef, au sommet, au « volontaire » qui rédige sans être payé, au plus bas, en passant par le rédacteur qui ne rédige rien mais tire profit de son statut d'écrivain pour entretenir une actrice (p. 250).

Hiérarchisées aussi les rubriques qu'ils tiennent : par ordre décroissant, article de tête (p. 312) et article de fond (p. 353 et 364), « feuilleton », « article Variétés » (p. 350) ; article dit de mœurs (p. 316), « Faits-Paris » — qu'on relève par des « canards » quand ils sont « pâles » (p. 355) —, « entrefilet » (p. 353).

Si les journalistes sont montrés en action, en train de boucler le journal lors d'un dîner chez Florine, ils sont surtout peints par leur conversation spirituelle, et caractérisés par quelques spécimens choisis : Lousteau, mais aussi Merlin, « petit homme sec, à lèvres pincées, couvant une ambition démesurée » (p. 334), et Vernou, « le journaliste par excellence » (p. 345), « un petit drôle méchant comme une maladie secrète » (p. 277), affublé d'enfants et d'une femme « trop laide pour ne pas être légitime » (p. 342).

Le portrait de groupe est complété par les propos acerbes de Lousteau sur son « bagne », par les critiques redoublées des membres du Cénacle, qui ne parviennent pas à détourner Lucien de cet « enfer » ; comme par un constant commentaire auctorial qui fait de la seconde partie d'*Illusions perdues* une *Monographie de la presse parisienne*[1] avant la lettre. Au total, les journalistes apparaissent comme des êtres contradictoires, engagés dans une vie palpitante, caractérisée par une « constante opposition de plaisir et de travail » (p. 242). Ces « proconsul[s] dans la république des lettres » (*ibid.*) peuvent gagner plus qu'un sous-préfet (p. 300). Exerçant avec jubilation une « puissance fantastique » (p. 381), ils jouissent à tout instant d'un

1. Texte de Balzac d'abord publié au tome II de *La Grande Ville. Nouveau Tableau de Paris*, en janvier-février 1843.

« horrible plaisir, sombre et solitaire, dégusté sans témoins » (*ibid.*). Conscience, honneur, vertu sont étrangers à ces « aventuriers intellectuels » (p. 299), engagés dans une guerre à mort qui admet le « chantage », exercé par des « bravi » (p. 421)[1].

1. Voir aussi le jeu de mots : « Bravo ! cria Nathan. — Est-ce un surnom ? demanda méchamment Merlin [...] » (p. 395).

Seul point positif dans ce portrait-charge, l'écriture journalistique. Rude école dont Balzac a expérimenté les ressources et qui continue d'exercer son attrait sur lui. Sans être le mode stylistique dominant, le « brillant et la soudaineté de la pensée » (p. 242) que requiert l'écriture journalistique se retrouvent dans les dialogues rapsodiques que font fuser les journalistes en veine d'orgie, teignant le livre à leurs couleurs.

« UNE OASIS RUE DES QUATRE-VENTS »

En face du groupe des journalistes, Balzac a peint sous le nom de Cénacle un groupe de « gens studieux » (p. 229), remarquables par le « sérieux de leur existence intellectuelle » (p. 230). Bande utopique, céleste — le Cénacle n'est-il pas le « ciel de l'intelligence noble » (p. 326) ? —, qui fait contrepoint avec les journalistes. D'où la systématicité des antithèses : honorabilité *vs* infamie ; désintéressement *vs* arrivisme ; lenteur du travail accumulé *vs* vivacité de la production liée à l'actualité, liens fraternels *vs* liens de « camaraderie » intéressée, etc.

On a beau quêter des sources à une telle communauté idyllique, la recherche se perd en chassés-croisés. Le terme de « Cénacle » lui-même, venu du Cénacle hugolien, est un faux ami. Point ici d'une communion christique de *poètes*, unis dans une Cène domestique au domicile du ménage Hugo, telle que l'a célébrée Joseph Delorme, en 1829[1]. Mais, bien au contraire, des « frères tous également forts en différentes régions de la science » (p. 236), formant une encyclopédie de pensées et de savoirs. Ce qui n'est pas sans faire un étrange retour à l'idéal des Lumières, y compris par ce terme phare d'encyclopédie, ici réactivé[2]. Avec cette « fédération » où les philosophes et les savants donnent le ton, nous voici aux antipodes des manifestations, déjà ambiantes dans le réel, de l'autonomisation de la littérature, qui implique séparation de la communauté des écrivains et des artistes d'avec les hommes de science et les philosophes. À l'évidence, Balzac a voulu, dans ces jeunes gens d'avenir, incarner un âge d'or qui, au moment même où il écrit (1839), commence à s'éloigner tandis que déjà pointe le Parnasse.

1. « Le Cénacle », *Vies, poésies et pensées de Joseph Delorme*, Paris, Delangle, 1829.

2. Le Cénacle est une « vivante encyclopédie d'esprits angéliques » (p. 237).

Transposition sur le plan intellectuel du mythe balzacien de la société secrète (« les Treize »), ce Cénacle nous fait songer à ces communautés d'opposants politiques qui, sous la Restauration, ont pris le nom de « Ventes ». Bien que le Cénacle se distingue par son œcuménisme politique, les recherches érudites ont essayé cette piste. Dans une autre direction, on ne peut s'empêcher de quêter des accointances du côté de ce qu'a pu être — sous ses deux formes successives, doctrinaire puis saint-simonienne — un journal comme *Le Globe* (1824-1832). Certes, ces deux idéologies ont entre elles de fortes différences, et les deux camps vont se retrouver aux bords opposés de l'aire politique après 1830. Mais il est vrai aussi que Pierre Leroux, l'un des fondateurs, a fait le lien entre les deux organes successifs, et qu'il est le modèle d'un des neuf membres du Cénacle : Léon Giraud, fondateur d'un « journal semi-hebdomadaire » (p. 450), assez proche du *Globe* doctrinaire dans sa forme de parution comme dans son style intellectuel.

A dû aussi jouer un rôle le contact en direct avec de futurs bucheziens qu'a eu Balzac au *Feuilleton des journaux politiques* (1830). Mais la rime d'Arthez/Buchez est une fausse piste, même si elle a pu jouer au niveau du signifiant. En effet, si quelque membre du Cénacle ressemble à Buchez, directeur de *L'Européen*, revue saint-simonienne dissidente publiée en 1831, c'est plutôt Michel Chrétien : même républicanisme christique, même utopie d'une fédération européenne.

Ce qui importe à Balzac dans ce groupe utopique, c'est un idéal de puissance intelligentielle », s'exprimant dans le registre sacerdotal de la responsabilité. À l'instar de Léon Giraud qui prône la religion de l'Humanité (p. 231), les membres du Cénacle sont des « humanitaires ». Estimant avoir une mission à réaliser, ils appartiennent à cette lignée de « prophètes » dans lesquels Paul Bénichou a vu la réalisation majeure du « sacre » de l'écrivain[1]. Par là, Balzac signe à sa manière sa contribution au « grand romantisme penseur », tout en exprimant son attrait propre pour la science et la philosophie — que, dans le Cénacle, représentent Giraud, « profond philosophe », « hardi théoricien », « savant consciencieux » (p. 231), Bianchon, médecin « analyste », Meyraux, naturaliste, Louis Lambert, philosophe mystique, Fulgence Ridal, dramaturge mais aussi

1. Voir *Le Temps des prophètes. Doctrines de l'âge romantique*, Gallimard, coll. « Bibliothèque des idées », 1977.

« grand philosophe pratique » (p. 232), et d'Arthez, écrivain philosophe.

LEÇONS DE LITTÉRATURE

La littérature n'est pas seulement un nouveau monde sans rivages dont le roman dresse la cartographie. Elle fonctionne aussi en tant que *texte*, à l'état de théorie et de pratique. Se croisent des discours datés sur la littérature où, aux prestigieuses métaphores chères à Mme de Bargeton répondent, pour faire dissonance, les imaginaires commerciaux des libraires qui, crainte des « rossignols » (p. 216), fuient les poètes comme une invasion de hannetons (p. 285). Mais notre roman de la littérature est aussi *école de littérature*. À plusieurs reprises, l'apprenti écrivain qu'est Lucien se voit soumis aux leçons de ses initiateurs qui, non contents de lui décrire l'état présent de la République des lettres, lui communiquent leur savoir-faire.

Requis de donner son opinion sur le roman de Lucien, d'Arthez commence par écouter « religieusement » (p. 227), pendant sept heures. Puis il y va d'une critique en forme, doublée d'une théorie du roman qui s'appuie sur une méditation de Walter Scott, auquel il reproche ses dialogues introductifs et le côté « poncif » de ses figures féminines (p. 228). Ce qui invite à ajouter aux passerelles qui existent entre d'Arthez et son créateur, lequel n'a cessé d'émettre des idées semblables[1], et qui, entre 1825 et 1830, a eu

1. Voir « Études sur M. Beyle », *Revue parisienne*, 25 septembre 1840.

le projet que d'Arthez suggère à Lucien de consacrer tout un cycle de romans à une *Histoire de France pittoresque* (*ibid.*). Dialogues, descriptions, portraits, action, plan, les divers aspects de la « poétique du roman[1] » sont passés en revue, avant que d'Arthez, joignant l'exemple au précepte, ne corrige *L'Archer de Charles IX*. Preuve qu'en matière d'apprentissage littéraire un « trait magistral sur le vif » vaut mieux que toutes les « théories » (p. 336-337)...

1. Voir cette *leçon de roman* que donne Balzac à propos de *Jean Cavalier*, d'Eugène Sue (*Revue parisienne*, 15 juillet 1840).

Sur un autre ton, les journalistes tiennent aussi école de littérature. Dans la réaction de Lousteau à la lecture que le poète de province lui inflige de ses sonnets, aux remarques revêches que fait le Parisien aguerri se mêle certaine jalousie larvée. C'est en blasé poseur qu'il évoque la nonchalante façon qui est la sienne de rendre compte des livres qu'il reçoit, un *Voyage en Égypte*, en particulier, qu'il se propose d'exécuter de la belle façon (p. 270). Ailleurs, le journaliste improvise à l'oral un article prêt à l'emploi lorsqu'il passe au crible le style de Vernou-Latouche : un « articlier », incapable de faire un plan, et dont la phrase est « ballonnée » (p. 345). Enfin, sur le mode spirituel et « bon enfant », il donne à son élève une leçon de journalisme, en lui indiquant la « manière de procéder » pour rédiger, à l'encontre de son propre jugement, une critique du livre de Nathan. L'occasion d'une autre de ses prouesses d'acrobate, où il s'ébroue à singer les rengaines des libéraux du temps en leur combat d'arrière-garde contre le romantisme.

Avec Blondet aux commandes cette fois,

l'expérience se renouvelle pour enseigner à Lucien comment chanter la palinodie : rédiger sur le même roman un article à la gloire de la « jeune littérature ». De quoi lui démontrer que « Janus est le mythe de la critique » (p. 377), en faisant preuve d'une éloquence agile jusqu'à l'ébriété.

Ces leçons en règle sont complétées par les analyses stylistiques *en passant* des divers articles cités : le premier feuilleton de Lucien, qui rend compte dans un style *à la Janin* de la représentation de *L'Alcade dans l'embarras* (p. 313-316), « page qui fit révolution dans le journalisme », et son article Variétés sur « Les Passants de Paris », « écrit dans cette manière neuve et originale où la pensée résultait du choc des mots, où le cliquetis des adverbes et des adjectifs réveillait l'attention » (p. 365). La preuve qu'il y a chez Balzac un stylisticien[1], sensible en particulier aux innovations en matière d'écriture.

1. Voir J.-L. Diaz, « Balzac stylisticien », dans *Balzac et le style*, études réunies et présentées par Anne Herschberg-Pierrot, SEDES, 1998, p. 77-92.

LE FESTIVAL DES « ARGOTS »

On a vu à quel point Balzac est sensible à ces marqueurs sémio-sociologiques que sont les « parlottes » tout comme au pouvoir illocutoire du langage. Fréquentes aussi ses remarques de linguistique générale, tant sur l'étymologie, les archaïsmes et les néologismes (ceux de Mme de Bargeton en particulier) ou encore sur le « positivisme » de la langue française (p. 252). Frère en cela aussi de d'Arthez, qui, plus radical encore dans sa passion linguistique, a entrepris une œuvre d'imagination « uniquement pour étudier les ressources de la langue » (p. 229).

Une des techniques de son réalisme linguistique consiste a jouer des « argots », au sens élargi qu'il donne à ce mot[1]: « argot typographique » du père Séchard (p. 29) ; « argot commercial » (p. 218) des libraires, qui pratiquent le « bouillon » (p. 464) ; argot des journalistes, qui parlent « copie », « boni », « bêtes noires », et vont tantôt « brochant », tantôt « lâchant » leurs productions, « échinant » (p. 450) des ouvrages ou « seringuant » des éloges (p. 376). Au sommet de cette Babel des sociolectes, l'argot déluré des « filles » qui disent « chipper » (p. 350), « droguer » (p. 341), « faire sa tête » (*ibid.*), « ne m'échine pas » (p. 312), « je te donnerais du retour » (p. 277) et chez lesquelles le verbe « faire » veut dire soit s'adonner à une activité régulière de prostitution (« faire son Palais, p. 276), soit « séduire quelqu'un ». Ainsi lorsque Florine félicite Coralie : « Tu as donc *fait* ton journaliste », « en employant un mot du langage particulier à ces filles » (p. 319). Mot repris par Finot à l'adresse d'une jolie paysanne parée de diamants, : « As-tu *fait* un prince indien ? » (p. 291). Ce qui prouve que ce « style de coulisses » (p. 641) exerce une contamination générale, passant en particulier dans celui des journalistes. Ainsi lorsque Lousteau donne du « mon bijou » aux actrices (p. 290), ou que Finot demande à celui-ci d'employer Florine à « presser vivement le bouton » à son droguiste (p 297).

1. « Le narrateur balzacien [...] en fait un synonyme de " langue des métiers " » (É. Bordas, *Balzac, discours et détours*, Presses universitaires du Mirail, p. 53.

Ce langage s'empreint d'une étrange poésie lorsque, voulant persuader Lucien qu'il est le plus aimé, Bérénice lui dit : « Ah ! vous verrez bien que l'autre gros n'a rien que le cadavre et que vous êtes le chéri [...] » (p. 330). Et il donne lieu à des jeux plus subtils quand Balzac s'amuse à le faire entrer en contrebande jusque dans le parler « rue des Lombards » de Camusot. Par contamination amoureuse, le négociant trouve que l'actrice a été « délirante » après avoir été « chiffonnée » par quelque chose au début de sa représentation (p. 310). En fait, son subit coup de foudre pour Lucien : bel effet d'ironie dramatique...

Ce recours systématique aux argots, c'est pour le romancier une manière de parler la *langue de l'autre*. Il s'agit de reproduire, sur le plan du langage, un équivalent de la *profondeur de champ* de la société, mais aussi, par une sorte de focalisation linguistique, de nous faire glisser tour à tour, de manière subreptice, à l'intérieur des visions du monde qu'actualisent ces sociolectes. Stéréophonie que complète le recours occasionnel à d'autres langages professionnels : le « style de notaire » (p. 433), l'« argot de Palais » (p. 539), « le langage de la banque de province » (« faire suer les écus », p. 521), l'argot des avoués (p. 513), celui des grognards qui sont allés « mille fois à la gueule du brutal » et tiennent les journalistes pour de « singuliers pistolets » (p. 250), la langue des « viveurs » (« doubler un cap », p. 421), mais aussi celle du monde. Car, comme le fait remarquer Balzac dans *Splendeurs et misères des courtisanes*, « le grand monde a son argot. Mais cet argot s'appelle le style[1] »...

1. *CH*, t. VIII, p. 882.

UN SENS AIGU DES « ÉCRITURES »

Cette hypersensibilité aux sociolectes de la langue orale se retrouve dans l'acuité des remarques du narrateur sur le codage de la langue littéraire. À côté d'un Balzac stylisticien il y aurait ainsi un « Balzac, inventeur de la sociocritique », sensible aux *effets de socialité* du langage, et à ce que le premier Barthes[1] désignait comme des « écritures » : des manières d'écrire datées et codées qui articulent toute une pragmatique sociale. Le narrateur d'*Illusions perdues* analyse ces « écritures » que sont le sonnet (p. 252), le « roman à la Walter Scott » (p. 362), la romance Empire, ou encore le style salace du petit journal. Le choix qu'a fait Lucien d'écrire des sonnets, lui-même le justifie par un pragmatisme qui l'a contraint à s'essayer dans le seul genre laissé vacant par les aînés, accusés d'avoir « pris » tout le reste : Hugo, l'ode, Canalis, la poésie fugitive, Béranger la chanson, Lamartine la méditation (p. 252). Nouveau signe d'une conscience « sociocritique » de la question des genres, liée à une belle lucidité quant aux pactes en vigueur dans le « champ littéraire ». Hostile au romantisme « en homme de l'école impériale » (p. 71), du Châtelet sait distinguer ses « garde-robes » tour à tour dominantes : le style ossianique (apparitions nuageuses, guerriers sortant de leurs tombes), « friperie poétique » désormais passée de mode, et remplacée un temps par le style biblique et toute la « garde-robe du paradis remise à neuf » — anges, sistres, plumes de séraphin —, le tout accompagné d'un « panthéisme christianisé, enrichi de rimes rares » (p. 112). Mais Lousteau, autre antiromantique patenté, donne à entendre que toutes ces formes ont déjà subi la déchéance des quais, puisqu'on y ren-

1. Dans *Le Degré zéro des écritures* (1953).

contre, « éclaboussées par les fiacres », « toutes les couvées écloses depuis sept années » (p. 257) : Essais poétiques, Inspiration, Élévations, Hymnes, Chants, Odes, Ballades[1]. Dans le registre ironique, il y a là une histoire de la décrépitude des *écritures du romantisme*, que la préface de *La Peau de chagrin* continue en en distinguant d'autres avatars plus tardifs : le romantisme « *jeune malade* », le style oriental façon 1829 avec son Parc-aux-cerfs d'Andalouses, le style « viveur », avec ses descriptions à la toise d'orgies[2]...

1. Pour les *ballades* comme pour les *sonnets*, il y a un léger anachronisme. Les *Odes et ballades* de Hugo sont de 1826, et ce n'est qu'en 1827 que Sainte-Beuve remet à l'honneur le sonnet.

2. *CH*, t. X, p. 54.

POLYPHONIES EN TOUS GENRES

De ces formes codées de langage, Balzac ne se contente pas d'être l'historien. Son sens aigu des sociolectes fait partie de son art de romancier. Autant de groupes, autant de langages. Mais le langage du narrateur se fait lui-même caméléonesque, comme ne nous en préviennent pas toujours les italiques, ordinaire balisage de ce dédoublement des langages, souvent signalisé de surplus par des commentaires métalinguistiques : sur l'expression « faire gémir la presse » (p. 29), sur l'expression archaïque « être du dernier bien » (p. 140), sur le mot de « perruque » devenu cri de haro de la Jeune-France (p. 253), sur le sens du mot « lessive » dans le langage de Bérénice (p. 432), sur celui de « blague » dans l'« argot du journalisme » (p. 394), etc.

Le pastiche est sa forme de prédilection. Mais loin de ne faire que jouer de ce talent mimétique, comme un romancier de l'école de Sterne ou de Hoffmann — et comme lui-même à ses débuts, lorsqu'il était un « conteur phosphorique[1] » —, Balzac met cet art de l'imitation au service d'un réalisme polyphonique.

La polyphonie des sociolectes se trouve tout naturellement complétée par la capacité, propre au roman, genre de synthèse, d'assimiler divers textes *allogènes*. Notre roman ne se contente pas de *parler littérature*. Se faisant centon d'*œuvres diverses*, il lui arrive aussi de la citer. Sont ainsi convoqués à paraître quatre sonnets de Lucien, mais aussi le pastiche burlesque des *Marguerites* que ses ex-amis du petit journal publient contre lui (p. 438), la « pièce ambitieuse » qu'il récite dans le salon Bargeton (« À Elle », p. 111-112), ou encore la chanson à boire qu'il compose auprès du lit d'agonie de Coralie (p. 470-471).

Un éventail nous est aussi offert des prouesses du style journalistique : non seulement la « page » révolutionnaire sur *L'Alcade dans l'embarras* (p. 313-316), donnée *in extenso*, mais aussi l'incipit de l'article de mœurs que Lousteau publie le même jour contre du Châtelet (*L'ex-beau*, p. 316), l'entrefilet qu'Hector Merlin rédige pour annoncer l'article de Lucien sur le livre de Nathan (p. 364), ou la « bigarrure » que Lousteau lance contre lui (*ibid.*). Dans la troisième partie, la citation d'un des *Premiers-Angoulême*, écrit par Petit-Claud à l'occasion du banquet donné en l'honneur du grand homme local (p. 576-578), permet

1. J.-L. Diaz, « Portrait de Balzac en conteur " phosphorique " », dans *Balzac. Une poétique du roman*, Montréal, XYZ, 1996, p. 89-108.

à Balzac de pasticher de manière jubilatoire la prose d'une gazette ministérielle de province.

Point de citations de romans, en particulier du roman historique de Lucien, alors que dans *La Muse du département* (1843) un grand charme proviendra du décryptage des *maculatures* d'un roman Empire, *Olympia ou les vengeances romaines*. Comme si le roman, « épopée amusante » pourtant (p. 379), était un enjeu trop sérieux pour être objet de parodie. En revanche, des pièces de diverses natures servent à « l'effet de réel » : le long « compte de retour » (p. 524-526), la brève inscription funèbre sur la tombe de Coralie (p. 472-473), la pancarte foraine : « *Ici l'homme voit ce que Dieu ne saurait voir. Prix : deux sous* » (p. 275), etc. Dans l'édition originale du roman, cette intertextualité réelle se trouvait renforcée par l'intertextualité virtuelle que provoquaient certains titres de chapitres : « Étude sur l'art de chanter la palinodie », « Triste confession d'un enfant du siècle », « Cours d'histoire à l'usage des ambitieux », Cours de morale par un disciple d'Escobar[1] ».

1. Voir la liste complète de ces titres dans notre « Dossier ».

Participent aussi à cette diversification, tous ces micro-récits oraux qui viennent émailler le texte : anecdotes, récits de société, « canards ». Ainsi du petit roman tragique mettant en scène un dramaturge aux abois qui apprend que sa pièce est reçue à l'Odéon tandis que le théâtre brûle (p. 225), ou bien de l'« anecdote » du jeune commis libraire qui surprend un jour sa patronne en culbute dans un fourré avec un rédacteur des *Débats*, pour cause de « réclame » (p. 369).

Enfin, pièces rapportées elles aussi, mais participant étroitement à la trame narrative, des lettres permettent au narrateur de plonger dans le for intérieur de ses personnages tout en prouvant son talent pour le « style épistolaire[1] ». C'est le cas pour Lucien, à divers moments de son parcours : lorsqu'il envoie à Mme de Bargeton une lettre « folle » dont les douze feuillets sont résumés (p. 83) ; lorsqu'il se plaint à elle de son abandon, en une « lettre emphatique » (p. 204-205) ; lorsqu'il décrit à sa sœur ses premiers pas au quartier Latin (p. 206-208), allégeant le travail du narrateur, etc.

Les citations épistolaires nous permettent d'avoir accès à la vision du monde de divers autres personnages : Mme de Bargeton, dont une première lettre, circonspecte, est suivie des deux froids billets en crescendo par lesquels, sitôt à Paris, elle le congédie (p. 181 et 199-200) ; Mme d'Espard dont le premier signe à sa cousine est « un de ces charmants billets où la forme est si jolie, qu'il faut bien du temps avant d'y reconnaître le manque de fond » (p. 177) ; d'Arthez, qui adresse un billet à Lucien, dont le « ton de politesse » le blesse (p. 336), puis une longue lettre où il fait à Ève Séchard une implacable analyse de son frère (p. 504-507), etc.

1. Téléguidé par lui, Davin loue Balzac de « possède[r] au plus haut degré le style épistolaire » (Introduction aux *Études de mœurs au XIXe siècle* [avril 1835], *CH*, t. 1, p. 1159).

« RUBRIQUES » DU ROMAN

Il est enfin une autre intertextualité, interne au roman et qui lui est propre, qui tient au fait que l'énonciation romanesque suppose la mise ensemble de plusieurs types de discours : narration, portrait, description, dialogue, analyse psychologique, etc. Le roman est un genre impur, et le côté polyphonique d'*Illusions perdues* tient pour une part à la façon qu'a l'auteur d'articuler ces diverses ressources, de manière à donner une impression de complexité. « Effet d'univers » qui, au lecteur comme au critique, donne l'impression que le « réel » déborde sa lecture...

Dès l'ouverture, Balzac applique les leçons que donnent ici les professeurs attitrés. Pas de « diffuses causeries » auctoriales à la Walter Scott en manière de prologue (p. 228), mais un début *in medias res*, par une scène qui, de façon aussi ondoyante que la démarche du père Séchard, mêle action, description, histoire, portrait et dialogue. C'est ici le procédé habituel de Balzac : à la différence de ce qui a lieu dans *Le Père Goriot*, point de long *round* d'observation avant que ne s'enclenche le « drame », mais un récit maîtrisé, où s'entremêlent les divers ressorts du roman : ses « rubriques », au sens archaïque du mot[1].

Certes, la narration s'appuie sur une forte articulation logico-chronologique des événements. Sur cet axe central, s'appuie une voix narrative omniprésente, sérieuse voire moralisatrice, mais qui cède parfois à l'ironie

1. Voir p. 435 : « Vous êtes trop jeune, trop nouveau venu dans la Presse ; vous en connaissez trop peu les ressorts secrets, les rubriques [...] ».

ambiante et qui est peu menacée de monodie. Hantée d'intertextes (qui, par leur caractère hétérogène, font ressembler le roman à cette « forme » neuve, la page de journal), elle est bousculée par un constant enchaînement de dialogues, qui contribuent d'autant plus à la vivacité du texte que ce sont souvent des gens d'esprit qui tiennent le dé. Mais tout autant que dans ces fusées de paroles échangées dans un cercle, la virtuosité du roman balzacien se déploie par de longs monologues ondoyants. C'est le cas des tirades de Lousteau et de Vautrin qui, tous deux en plein air, lâchent la bonde à leur éloquence *sui generis*, en nappes de paroles vibrantes où le dévoilement des bas-fonds ne va pas sans poésie.

Bien sûr, nous ne serions pas chez Balzac si des explications sociohistoriques ne venaient justifier l'inventaire de l'imprimerie Séchard ou celui des Galeries-de-Bois. Conformément à la poétique balzacienne, des descriptions-morceaux de bravoure sont par ailleurs traitées en partie double : exhibant des *intérieurs*, elles ont vocation à compléter l'analyse psychologique de leurs occupants, soit par ressemblance, soit par contraste. Car si la chambre de Lousteau confirme par son désordre le cynisme du journaliste, la « maison de belle apparence » qu'habite le sordide Braulard (p. 387) additionne au contraire tous les signes de normalité bourgeoise[1].

Au réalisme qui marque la description des intérieurs vulgaires s'oppose la poésie de certains lieux choisis, qui incitent l'auteur à

1. De même, la maison du père Chaboisseau, meublée en style grec selon un « système mythologique », « forme une opposition bizarre avec les mœurs de l'escompteur » (p. 426).

déployer les sortilèges un peu voyants de sa palette. Ainsi face à la chambre de Coralie, « ravissante création du luxe, toute blanche et rose » (p. 328). De même, le portrait en diptyque de David et de Lucien, mais surtout celui de Coralie, allient la précision *physiognomonique* à des effets d'*écriture artiste* avant la lettre. Alors sous l'analyste perce le « grand peintre » (p 50) : séduit par l'« opposition » des figures de David et de Lucien, sensible à la matérialité des formes, des couleurs et de la lumière sur le visage de Coralie : symphonie en rouge, blanc et noir (p. 304), où concourent l'ébène, l'ivoire, le jais et la grenade. Manière pour le romancier-historien de se faire lui aussi Janus, en se haussant à un entre-monde — plus paradoxal qu'éclectique[1] — où la « *littérature imagée* » (p. 362) brusque la « *littérature idéée* ».

1. Il y a en effet quelque ironie au Balzac des « Études sur M. Beyle » (*op. cit.*, p. 198) à prétendre appartenir à l'école de « *L'Éclectisme littéraire* », lui qui n'a cessé de conspuer Cousin et son école.

LA LITTÉRATURE DES IMAGES

Si le statut de poète du héros fait problème, on dirait qu'en revanche le romancier fait, lui, tout pour le mériter...

Impossible de maintenir le cliché longtemps triomphant d'un Balzac réaliste, opposant au romantisme ambiant le prosaïsme militant de sa prose descriptive. Sans cesse bourgeonnante, l'image travaille son style. Sa phrase grossit et se déploie en anneaux de couleuvre pour la mieux accueillir ; ou bien elle fait irruption, toutes enseignes déployées. D'où la réticence des gens de goût, qui trouvent que Balzac écrit mal[1].

Sur le plan rhétorique, ce sont des comparaisons déclarées qui assument pour une bonne part cette transmutation du réel en fantasme. Derrière la chose, elles nous suggèrent ses contrepoints oniriques, saisissant quelques-unes des figures qui forment l'irréel cortège de ses significations secondes.

Un bestiaire nombreux est à tout moment convoqué qui, à chaque personnage presque, attribue un équivalent totémique, faisant d'*Illusions perdues* un appendice des *Scènes de la vie publique et privée des animaux*[2]. Le procédé vaut pour les bêtes féroces du journalisme (loups, hyènes et « oiseaux de proie », p. 342), pour les « loups-cerviers de la banque libérale » (p. 422), pour les lions et les tigres de la ménagerie dandy, mais surtout pour les grotesques : le couple préfectoral de la Seiche et du Héron, avec ses allures de fable de La Fontaine, le père Séchard qui, dans le même registre, est à la fois corbeau et renard, Camusot qui est un phoque et Petit-Claud une « vipère gelée » (p. 582). M. de Bargeton est le recordman de ces métamorphoses : tour à tour, cigogne, carpe, « chatte soupçonneuse », « bichon de marquise », « vieux carlin poussif » et hanneton... Mais le procédé vaut aussi pour Coralie (chatte, tigresse et couleuvre) comme pour le héros, dont les emblèmes animaliers déclinent les facettes disjointes de son âme en désordre : aigle mais cygne, « innocent comme un agneau » mais courant « avec une vélocité de cerf » (p. 185) et « travaillant comme un

1. Voir É. Bordas, « Balzac, “ Grand romancier sans être grand écrivain ” ? Du style et des préjugés », dans *Balzac et le style*, SEDES, 1998.

2. Ouvrage collectif, publié chez Hetzel et Paulin à partir de février 1841, auquel Balzac collabore entre autres par *Peines de cœur d'une chatte anglaise*.

cheval » (p. 357), formant avec Coralie un couple de tourtereaux (p. 370) mais « papillon sans plan fixe » (p. 460), etc.

À côté de cette ménagerie surpeuplée, quelques comparaisons naturelles, qui annoncent de la part de Balzac le désir de se hausser à une poésie datée. Ainsi lorsque, dans un système allégorique, il cherche des équivalents floraux aux muettes délices de l'amour qui unit Ève et David (p. 88). Toutes ces comparaisons ont pour trait commun de n'être que commentaires en images, qui se meuvent dans le registre d'un vraisemblable rassurant. Allant plus loin dans cette voie, Balzac tend à constituer en thèmes récurrents, à fort ancrage idéologique, un petit nombre d'images qui prennent valeur de symbole : celle de la chute dans l'« abîme » (fosse, gouffre, précipice, caverne, coulisses, etc.), ou celle du bourbier (boue, crotte, fange, marais, etc.). Nombreux aussi sont les mythes répertoriés. Convoqués d'une pichenette, ils servent de caution culturelle, mais fonctionnent surtout comme autant de petits romans en abrégé dont l'addition contribue à la complexité mentale de l'univers sémantique ainsi créé : Silène, Bacchus, Prométhée, le Christ, Diogène, Janus, Pégase, Moïse, Milon de Crotone, etc. Ce qui forme un bazar mythologique, dans un texte à plaisir contradictoire à cet égard : car, tout en posant que la mythologie est « une des plus grandes inventions humaines » (p. 380), le narrateur laisse libre cours aux calembours de Lousteau, qui voue le mythe aux *mites* (p. 267).

Mais Balzac sait aussi filer la métaphore, soit pour singer le style conventionnel de Lucien qui se prend pour un frêle esquif en butte aux vagues de l'océan parisien (p. 205), soit pour décliner l'amour sur le registre héroïco-burlesque de la guerre (p. 145). Il sait aussi recourir à la comparaison de manière saugrenue pour en tirer des effets comiques. Ainsi lorsque des êtres humains sont comparés à des objets : M. Séchard à un vieux lampion (p. 33), M. de Bargeton à une idole japonaise (p. 105) et à un manteau que sa femme tient propre, tandis que ses sourires sont des « boulets enterrés qui se réveillent » (p. 96). Si dans le salon Bargeton deux ou trois fils de familles sont « parés comme des châsses » (p. 105), Lucien, sortant de chez son tailleur parisien, « frisé comme un saint Jean de procession » (p 186), est « comme une statue égyptienne dans sa gaine » (p. 193). Dans le registre horticole, M. du Châtelet est un de ces melons qui deviennent jaunes en une seule nuit (p. 584), tandis que, si Dauriat était une fleur, ce serait une clématite (p. 300). Un droguiste n'est pas un homme, « c'est un coffre-fort donné par l'amour » (p. 298). Enfin, la critique est une brosse, et le journalisme une catapulte..

LA POÉSIE DES CONTRASTES

On le voit à ces exemples, la poésie des images est loin de s'exercer toujours dans le registre « poétique ». Même s'il lui arrive de se laisser piéger par un sublime de convention, lorsqu'il se guinde à *faire du céleste*, l'auteur a de la poésie une conception moins angéliste que son héros. Aimant à palper le bouffon sous le sublime, Balzac pourtant, plutôt que d'être un simple déshabilleur d'apparences, préfère montrer les deux côtés de la médaille humaine : Coralie, catin et sublime, le théâtre à la fois scène et coulisse, ombre et lumière, les Galeries-de-Bois, site « horrible et gai » (p. 276), avec leur « infâme poésie » (*ibid.*).

Poésie des contrastes : sans être textuellement sous la plume de Balzac, la formule se lit en filigrane dans une longue phrase où est évoqué le plaisir compensatoire que Coralie trouve dans son amour pour Lucien : « [...] une de ces jouissances infinies qui récompensent ces pauvres créatures de tous leurs chagrins passés [...] et qui développent dans leur âme une *poésie* inconnue aux autres femmes à qui ces violents *contrastes* manquent [...] » (p. 310).

Pour dire cette *beauté convulsive*, le narrateur recourt à un paradigme de « magnifiques oppositions » (p. 276) : sociales (« les personnes comme il faut » coudoyées par des « gens à figure patibulaire ») ; visuelles (la chair éclatante des « gorges » étincelant au milieu des vêtements noirs) ; sonores (la « basse continue » des voix « brodée des éclats de rires des filles »), etc. L'addition de ces contrastes forme de « monstrueux assemblages », qui ont « je ne sais quoi de piquant » (*ibid.*). Ce qui est bien la structure du réel balzacien : ensemble disparate de choses vulgaires, soumises aux transes de la passion et marquées au sceau du « bizarre » (p. 271, 272 et 280...). Structure qu'on retrouve à la fois dans la vie littéraire, « mélange de hauts et de bas » (p. 294), dans la chambre de Lousteau, « ignoble assemblage » (p. 265), comme dans les coulisses du Panorama-Dramatique, « ensemble de choses bouffonnes, tristes, sales, affreuses, éclatantes » (p. 289).

Certes, la logique de l'oxymore n'est pas la seule logique binaire à l'œuvre dans l'imaginaire balzacien. Balzac aime aussi à détecter des *harmonies*, tant dans le registre du gracieux (le duvet sur les joues de Lucien dont la couleur « s'harmoniait » à celle de sa blonde chevelure, p. 51) que dans le registre du vulgaire : ainsi l'extérieur de la maison Séchard est-il en harmonie avec la « crasse avarice » de l'intérieur (p. 51-52). Ou bien, sans aller jusqu'à ce mélange explosif des contraires qu'est l'oxymore, il lui arrive de s'en tenir à l'antithèse pour mieux articuler son univers autour d'oppositions tranchées. D'où l'« opposition » entre David et Lucien (p. 49-50), qu'on retrouve, à un niveau dégradé, entre le grand et le petit Cointet (p. 499). D'où le « violent contraste » que forment l'évêque d'Angoulême et son grand vicaire (p. 99), etc.

Mais alors que l'harmonie ou l'antithèse sont là pour faire *tenir* la charpente sémantique, c'est bien de poésie qu'il s'agit dans les oxymores balzaciens : une poésie composite et vertigineuse, qui ne se manifeste pas seulement par de simples figures de style.

Car l'alliance des contraires est une structure qui fonctionne à tous les niveaux. Au niveau sémantique, pour dire la poésie de l'infâme, l'attrait de l'ignoble, la beauté du mal. Au niveau de la construction des personnages, pour faire de Coralie un diamant trouvé dans la boue (p. 298) et de Lousteau comme de Carlos Herrera des êtres maléfiques mais non dépourvus de grandeur. Les lieux, on l'a vu, sont eux aussi oxymoriques, Paris au premier chef, ville-chaos, où « les constantes oppositions que présentent un extrême luxe et une extrême misère saisissent avant tout » (p. 177). Mais la même structure se retrouve dans la construction de certaines scènes : celle qui voit Lucien rimer des « poésies à offrir aux Goguettes » (p. 470) tandis que Coralie agonise. Et elle est à la base de l'architecture d'ensemble de l'intrigue qui, autour de Lucien, ange et démon, ambitieux et désenchanté, soumet le roman tout entier à une structure récurrente : celle d'une *succession de moments contradictoires*.

Plus subtilement, c'est aussi de cette poésie des contrastes que participe la manière qu'a Balzac de forcer la langue, en des formules grinçantes où l'ironie le dispute à la métaphore, formules qui font craqueler d'avance le « vernis des maîtres » (Proust). Le style de Balzac va alors outre ses métaphores ordinaires, qui consistent à faire *grimacer* un « méchant tapis d'occasion » dans la chambre de Lousteau (p. 265), et *errer* « un rasoir » sur le manteau de sa cheminée (p. 266). Quand il fait *ruisseler* « la lumière amoureuse d'un œil [...] sur les yeux inattentifs de Lucien »

(p. 303), la métaphore se complique d'un oxymoron baroque sous-jacent — c'est du feu qui coule —, ainsi que de l'inversion sexuelle que suppose ce regard phallique. Mais l'effet peut provenir aussi de l'abrupt d'une comparaison *in absentia* : ainsi lorsque Dauriat (qui se nomme pour impressionner Lucien) lâche « le coup de pistolet de son nom » (p. 370). Même esthétique du choc lorsque le Palais-Royal devient une « république de planches desséchées » (p. 274), ou qu'un des frères Cointet, préposé aux fausses ruptures dans les négociations difficiles, se voit attribué « le département des colères » (p. 499). Ailleurs, Balzac, compliquant la métaphore par la métonymie, fait se terrer « l'amour-propre d'auteur » de Lucien derrière la jupe de Mme de Bargeton (p. 111), ou laisse entendre que la prétendue correspondante ministérielle de Louis XVIII n'est que « l'éditeur responsable d'une audacieuse ambition » (p. 458).

Autant de « saillies » où la structure oxymorique se complique de décalages pervers. Le *witz* journalistique entrant en action, voici que « la raison [prend] une forme incisive » (p. 288). « Légers à la manière des flèches, les mots [vont] à fond tout en allant vite » (p. 234). Autant de signes d'une présence auctoriale aiguë mais biaisée. Décidément, derrière ce narrateur omniscient dont on s'est trop longtemps gaussé, il y a une intelligence « *bi-frons* ». Ce Dieu, en fait, est un enfant qui joue...

DOSSIER

I. L'ESCORTE ÉPISTOLAIRE

Point de meilleur témoignage de la création balzacienne que ces bribes de lettres ébouriffées que Balzac envoie à Mme Hanska, aux divers moments de son travail, tantôt témoignages d'orgueil, tantôt de découragement.

Balzac, *Lettres à Madame Hanska*, éd. Roger Pierrot, Éd. du Delta, t. I, 1967, et t. II, 1968. D.R.

22 août 1836
Voulant en finir avec cette odieuse Béchet, j'avais entrepris de faire en 10 jours [...] les deux volumes qui m'étaient réclamés. Or en 8 jours, j'avais inventé, composé les *Illusions perdues*, et j'en avais écrit le tiers. Jugez ce que c'était qu'un pareil travail. Toutes mes facultés étaient tendues, j'écrivais 15 heures par jour, je me levais avec le soleil et j'allais jusqu'à l'heure du dîner, sans prendre autre chose que du café à l'eau.

1er décembre 1836
Dans *Illusions perdues, il y* a une jeune fille nommée Ève qui est à mes yeux, la plus ravissante création que j'aurai faite. [...] Aussitôt que j'aurai fini *Illusions perdues*, je vous écrirai, jusque là, je suis nuit et jour, pris.

4 juin 1839
Vous lirez *le Grand homme*, une œuvre pleine de verve et où vous retrouverez Florine, Nathan, Lousteau, Blondet, Finot, ces grands personnages de mon œuvre, comme vous avez la bonté de les appeler ; mais ce qui recommandera cette œuvre à l'attention des étrangers, c'est l'audacieuse peinture des mœurs intérieures du journalisme parisien et qui est d'une effrayante exactitude. Moi seul étais en position de dire la vérité à n[o]s journalistes et de leur faire la guerre à outrance.

Juillet 1839
[...] je me suis certes attiré la haine de tous les hommes de plume par *le Grand homme de province*. Il y a des rugissements dans la presse ; mais vous voyez que je continue assez intrépidement mon œuvre, allant toujours d'un pas égal, et assez insensible aux calomnies [...]

20 janvier 1840
Vous ne m'avez rien dit du *Grand homme de province à Paris* qui a soulevé tant d'orages contre moi ?

7 décembre 1842
Illusions perdues v[ous] ramène à Angoulême, et j'ai à faire le magnifique contraste de la vie de David Séchard en province avec Ève Chardon, pendant que Lucien faisait toutes ses fautes à Paris. C'est les malheurs de la vertu opposés au malheur du vice, c'est d'une difficulté prodigieuse. *Illusions perdues* forme un gros volume de *la Comédie humaine* et le titre sera bien justifié.

2 mars 1843
Le tome VIII, où sont *Illusions perdues* dont la fin est à écrire, m'a coûté trois mois d'épreuves. Mais comme dit la princesse Belgiojoso, c'est le volume monstre ! C'est l'œuvre capitale dans l'œuvre.

2 avril 1843
Enfin, David Séchard, cette fin d'*Illusions perdues*, me semble de plus en plus difficile. Quels tiraillements !... [...] Oh ! chère, je suis tant las de tant de travaux, inutiles, puisque je ne suis pas libre, et que je suis sans fortune, avec autant de liens que Prométhée, et que le vautour ne me manque pas, j'en ai plusieurs !

24 avril 1843
La beauté pure d'Ève Chardon et de David Séchard ne pourra jamais lutter contre le tableau de Paris du *Grand homme de prov[ince] à Paris !* Enfin, il faut s'y mettre, car les livraisons de ce volume ont commencé à paraître.

11 mai 1843
J'ai des névralgies tous les jours et ma tête est une souffrance continuelle. Le Loquin me donne du 10 mai au 10 juin pour lui livrer 4 volumes, faute de quoi je perds 1 700 fr. J'ai donc à peine le temps de les écrire. Aussi, dès que les manuscrits seront terminés, irai-je m'établir à l'imprimerie à Lagny pour accomplir ce tour de force.

15 mai 1843
Vous avez vu Liszt. Je suis heureux de vous avoir procuré ce petit bonheur. Hélas ! je n'ai jamais pu lui dire que Conti c'est Sandeau en musicien, comme Lousteau est encore Sandeau [...] Je suis au milieu de *David Séchard* ; j'ai encore la moitié à en écrire, et tout *Esther* !

16 mai 1839
Il faut que j'écrive, d'aujourd'hui 15 au 25, devinez, 150 feuillets !... 50 pour *David Séchard*, 100 pour *Esther*. Je les corrigerai 15 à 16 fois. Les corrections coûteront 1 000 fr. qui sont à ma charge. Et combien de difficultés littéraires à résoudre. Je ne sais pas, en ce moment, comment me tirer de la dernière moitié de *David Séchard !* [...] Et je suis à 3 tasses de café noir par jour, et les crampes d'estomac vont leur train. Et mon sang se brûle, et mon teint devient comme du bois.

31 mai 1843
Je suis engagé d'honneur, mes deux romans sont commencés, il faut les achever, et ma fatigue est

sans bornes, inquiétante, *je fais du Sue tout pur.* Oh ! combien j'ai besoin de repos...

13 juin 1843

David Séchard est une belle chose. Ève Chardon est une figure sublime, mais Esther est une horrible peinture, il fallait la faire, et elle me sera reprochée comme on m'a reproché *la Fille aux yeux d 'or.* Mais il faut bien faire *Paris vrai.* [...] Je suis passé à l'état de machine à phrases, et je crois que suis de fer.

18 juin 1843

La nature est impitoyable. Hier, 16, en commençant mon manuscrit, j'ai fait 2 feuillets dans toute la journée, ce que je fais en une heure, et je prends des torrents de café. Mais ce sera fini, allez; bien ou mal. Seulement, je regrette que cette défection de mes facultés tombe sur la fin des *Illusions perdues.*

1er juillet 1843

J'ai fait en réalité 4 volumes en un mois, et c'est effrayant. Le café m'a attaqué l'estomac ; j'ai vu tomber mes cheveux et je les ai vu[s] blanchir ; mais David Séchard est fini [...].

Hier, j'ai terminé *David Séchard*, il est en ce moment une heure du matin, je viens de me réveiller, après avoir mal dormi, peu d'heures, pour travailler et finir *Esther* en deux jours, si c'est possible. [...]

Oh ! que ceux qui envient les sommes (prétendues immenses) que gagnent les grands travailleurs de la littérature, ne connaissent guère à quel prix ce peu d'or est vendu ! Tous mes ennuis viennent de ma situation. Si j'étais riche, si j'avais ce qu'on appelle *un état dans le monde*, on me payerait d'avance et comptant. [...] Oh ! chère aimée, vous ne saurez jamais ce que j'ai souffert que quand, par vous-même, vous en jugerez *en voyant la cuisine* de la littérature. Vivre de sa plume est une entreprise monstrueuse de folie. [...]

Je vous écris sur le papier de l'imprimerie, et qui n'est pas beau. C'est comme du papier d'auberge. Voilà bientôt quatre semaines que je suis campé ici, sur un lit de sangle, sans mes aises, et vivant exactement dans l'imprimerie. [...]

7 juillet 1843
J'ai lu 17, 18 et quelquefois 19 épreuves de chaque feuille de *Séchard*. Il y a 1 200 heures de corrections sur cet ouvrage, c'est comme si je l'avais récrit 15 ou 16 fois dans ce mois. *Esther* s'est fait sans tant de corrections. Les choses du vice sont si plaisantes, à Paris, que cet ouvrage, où l'on voit à fond la vie des courtisanes, comme on a vu la vie de la presse dans le *Grand homme de province à Paris*, s'est fait avec 3 ou 4 épreuves seulement. C'est prodigieusement comique ; mais, on accusera cela d'immoralité, il faut s'y attendre.

II. GENÈSE

A. PREMIÈRE PARTIE

Pour la première partie du roman, initialement intitulée *Illusions perdues*, Suzanne Jean-Bérard a retranscrit à la fois le manuscrit et, en regard, le texte de l'édition originale (Werdet, 1837).

Quand on aperçoit ainsi le côté tumultueux et désordonné de la création balzacienne, on ne peut s'empêcher de craindre, avec Baudelaire, que cette « série de genèses » ne disperse l'unité de l'œuvre. Ainsi s'expliquent de « grossières sutures », des contradictions qui sautent aux yeux ou encore des erreurs de chronologie. Mais l'artiste trouve à la fin son compte à ces conditions de production aléatoires. Elles engendrent une méthode originale : la « prolifération en corail ».

Suzanne Jean-Bérard, *La Genèse d'un roman de Balzac : Illusions perdues, 1837*, Armand Colin, 1961, t. II, p. 303-306.

Balzac fait donc imprimer et corrige 97 colonnes de placards et trente-quatre liasses d'épreuves. Toutes ces épreuves sont fragmentaires et se présentent comme des agglomérats d'états différents : les liasses se recopient, se dépassent, se rattrapent, puis disparaissent absorbées feuille par feuille dans les bons à tirer [...]

Que devient l'unité de l'inspiration, l'élan qui devait pousser l'ouvrage vers sa fin, à travers la fragmentation de ces épreuves ? Baudelaire devinait ce drame, avec une intuition étonnante, lorsqu'il décrivait les épreuves de Balzac comme « une série de genèses où se disperse non seulement l'unité de la phrase, mais aussi de l'œuvre ». N'est-il pas étrange de penser que jamais l'auteur n'a eu sous les yeux l'ensemble du roman à un quelconque de ses états ? [...]

[...] Balzac est un exemple particulièrement frappant d'un phénomène que constatent beaucoup de grands écrivains quand ils veulent bien nous livrer quelques-uns des secrets de leur méthode : il n'est pas absolument maître de sa création. Les personnages en particulier semblent doués d'une vie propre ; ils évoluent, entraînant l'action, et le romancier les suit plutôt qu'il ne les mène. D'où vient cette curieuse idée de conférer à Lucien Chardon le sang bleu des Rubempré ? En commençant son roman, Balzac n'y songeait en aucune manière. Est-elle née d'un acte libre du romancier, d'une trouvaille arbitraire comme un décret des puissances célestes ? C'est possible. Mais il est possible aussi que le personnage lui-même, ce Lucien beau et bien fait, doué d'une véritable aristocratie de formes, ait suggéré à son auteur la justification et l'explication de qualités aussi inattendues chez le fils d'un apothicaire d'Angoulême. Et l'auteur peu à peu s'habitue à sa trouvaille ; il l'accommode, l'adapte aux besoins du roman. C'est une chose délicate d'obéir aux caprices des personnages. Et ce Lucien est appelé encore à bien d'autres passionnantes évolutions. Comme il est simple et sympathique au début du livre, balancé entre le vice et la vertu, tenté par le succès, mais tellement encore imprégné des principes de la morale qui a bercé ses jeunes ans ! De page en page l'auteur assombrit ce caractère, sans même respecter les lois d'une naturelle évolution. Ce n'est pas l'adolescent qui vieillit, c'est une idée romanesque qui se développe, l'espoir de diriger rapidement, plus rapidement encore, ce héros vers d'autres romans, ceux où la corruption est aussi éclatante que nécessaire. Comment expliquer encore ce vieux Séchard qui, à Saché, s'est couché dans les draps de la vertu, père rustique mais bonhomme, et qui brusquement à Tours se relève fripon, ivrogne et père dénaturé ? Ces transformations sont pour le roman de grande importance ; elles sont liées, bien sûr, aux modifications de l'intrigue, mais il est bien difficile de décider si elles en sont la conséquence ou la cause [...]

Cet écrivain expérimenté bouleverse parfois son ouvrage : il disloque la description de l'imprimerie, trop lourde, pour en utiliser les morceaux, il regroupe les indications dispersées où s'éparpillait ce que nous devions connaître de la famille Chardon, il introduit un premier dialogue entre Ève et David qui lui permettra d'annoncer dignement un morceau qu'il veut sublime : la soirée au bord de la Charente. [...]

Cette végétation puissante et spontanée d'ajoutés qui s'engendrent les uns les autres, nous l'appellerions volontiers la prolifération en corail.

B. DEUXIÈME PARTIE

André Lacaux nous a donné la transcription des premières pages du manuscrit primitif de la deuxième partie d'*Illusions perdues (Un grand homme de province à Paris)*. Comme la suture entre les deux premières parties était initialement située plus loin que dans l'édition définitive, ce manuscrit débute par la lettre que Lucien adresse à sa sœur (p. 206-208 de l'édition Folio). Puis, dans un second temps, vient l'évocation du restaurant Flicoteaux. La rencontre avec Lousteau est presque aussitôt suivie de la lecture à lui faite des Marguerites au Luxembourg. L'extrait suivant donne le début de cette scène. De quoi suggérer l'amplitude des modifications auxquelles va être soumise cette pâle ébauche.

Un soir au commencement du mois d'octobre quand Lucien eut dit à Émile qu'il avait en portefeuille un volume de vers intitulé *les Marguerites* et <qu> un roman intitulé *l'archer de Charles IX* <les deux jeunes gens qui> Émile dit à Lucien qu'il était rédacteur d'un petit journal obscur <app> <ap> nommé le Courrier des théâtres où il <faisait le panorama> rendait compte des pièces de l'ambigu de la Gaieté et du panorama dramatique, les deux

André Lacaux, « Le premier état d'*Un grand homme de province à Paris* », *L'Année balzacienne 1969*, p. 195-197.

jeunes gens sortirent <à près de cinq> ensemble à cinq heures <du...> du restaurant de Flicoteaux, remontèrent la rue de la Harpe, la place Saint-Michel et <...> la rue d'enfer <et> entrèrent au Luxembourg par la grille de la [f° 4] rue d'Enfer et allèrent s'asseoir sous les arbres dans la partie déserte du jardin située entre la grande allée de l'observatoire et la rue de l'ouest. A cette époque, la rue de l'ouest était un <infâme> long bourbier, bordé de planches et de mérains, sans maisons, il ne passait personne dans l'allée qui borde la pépinière et les confidences s'y faisaient en un endroit solitaire. A l'heure du dîner il y avait si peu de chances d'y trouver compagnie que deux amants pouvaient alors s'y quereller et s'y donner les arrhes d'un raccommodement sans crainte d'y être <sur-pris> vus <par d'autres> par un témoin, autre que le vétéran en faction à <la> une petite grille de la rue de l'ouest. Ce fut dans cette allée sur un banc de bois, entre deux tilleuls, par un beau <soleil co> soir <que Lucien et> qu'Émile <et Luci> <vint ent> écouta <les deux sonn> <les> trois sonnets, choisis pour échantillon parmi les marguerites. Émile Lousteau, qui avait déjà presque deux ans d'apprentissage et le pied à l'étrier en qualité de rédacteur du Courrier des théâtres, était un imposant personnage <pour> aux yeux de Lucien ; aussi tout en détortillant le manuscrit des Marguerites, jugea-t-il nécessaire de faire une sorte de préface.

C. TITRES DES CHAPITRES DANS LES ÉDITIONS INITIALES (1837, 1839 ET 1843)

Pour rendre son édition plus compacte, Balzac a accepté de supprimer ses titres de chapitre lors de l'édition Furne de *La Comédie humaine*. Les restaurer permet d'imaginer la ponctuation primitive du roman, mais aussi de retrou-

ver bien des inflexions initiales. Les jeux d'esprit y sont souvent le détour que prend pour s'affirmer l'inconscient de l'auteur.

ILLUSIONS PERDUES

Une imprimerie de province
Madame de Bargeton
La soirée dans un salon, la soirée au bord de l'eau
Catastrophes de l'amour en province
Les prémices de Paris

UN GRAND HOMME DE PROVINCE À PARIS

Les prémices de Paris
Flicoteaux
Deux variétés de libraire
Un premier ami
Le Cénacle
Les fleurs de la misère
Les dehors du journal
Les sonnets
Un bon conseil
Troisième variété de libraire
Les galeries de bois
Physionomie d'une boutique de libraire aux galeries de bois
Quatrième variété de libraire
Les coulisses
Utilité des droguistes
Coralie
Comment se font les petits journaux
Le souper
Un intérieur d'actrice
Dernière visite au Cénacle
Une variété de journaliste
Influence des bottes sur la vie privée
Les arcanes du journal
Re-Dauriat
Les premières armes
Le libraire chez l'auteur

Étude sur l'art de chanter la palinodie
Grandeurs et servitudes du journal
Le banquier des auteurs dramatiques
Le baptême du journaliste
Le monde
Les viveurs
Cinquième variété de libraire
Le chantage
Les escompteurs
Changement de front
Finoteries
La fatale semaine
Jobisme
Adieux

DAVID SÉCHARD OU LES SOUFFRANCES DE L'INVENTEUR

Introduction : Triste confession d'un enfant du siècle
Le coup de pied de l'âne

Première partie : Histoire d'une poursuite judiciaire

Le problème à résoudre
Une femme courageuse
Un Judas en herbe
Les deux Cointet
Un premier coup de tonnerre
Un coup d'œil sur la papeterie
Des avoués de province en général et de maître Petit-Claud en particulier
Cours public et gratuit des comptes de retour à l'usage des gens qui ne sont pas en mesure de payer leurs billets
Où l'on voit qu'un timbre de cinquante centimes fait autant de chemin et de ravages qu'un obus
Ce qui s'appelle le feu des affaires
Le père et les deux domestiques
Description de l'incendie entretenu par maître Petit-Claud et Cachan assistés de Doublon
Apogée des poursuites

Comment la contrainte par corps n'existe presque pas en province
Deux expériences, l'une ne touchant pas le cœur du Père, l'autre touchant au but
Le moment où à la Curée les chiens se regardent
La fortune de Petit-Claud
Un mot du Curé

Deuxième partie : L'être fatal de la famille

Retour du frère prodigue
Un triomphe inattendu
Les machines du triomphe
Un dévouement comme on en rencontre quelquefois dans le cours de la vie
Lucien prend au sérieux sa gloire départementale
Un Cerizet sous l'herbe
Revanche de Lucien à l'hôtel de Bargeton
Le comble de la désolation
L'adieu suprême
Un hasard de grand chemin
Histoire d'un favori
Cours d'histoire à l'usage des ambitieux par un disciple de Machiavel
Cours de morale par un disciple d'Escobar
Profil de l'Espagnol
Pourquoi les criminels sont essentiellement corrupteurs
Le moment où dans la lutte on lâche prise
Les influences de la prison
Un jour trop tard
Histoire d'une société commerciale
Conclusion

Le « réseau des sous-titres » ne s'attache pas à réactiver le titre de l'œuvre. Même lorsqu'il se plaît à souligner l'action du roman, à caractériser ses scènes successives, le titre de chapitre « n'est pas opérateur de récit mais de discours ».

Isabelle Tournier, « Titrer et interpréter », *Balzac : « Illusions perdues »* [...], Groningen, CRIN, 1988, p. 16-19. Droits réservés.

« La fatale semaine » est le seul titre proprement dramatisant de la première partie : il désigne ce que Gérard Genette nomme justement une « grande séquence d'intrigue pure », la série des malheurs de Lucien, mais la singularité de son destin est neutralisée dès les premiers mots du chapitre par une tirade expliquant la fréquence de ce phénomène de déchéance accélérée :

« Tout homme, à moins d'être né riche, a donc ce qu'il faut appeler sa semaine fatale. Pour Napoléon, cette semaine fut la retraite de Moscou. Ce cruel moment était venu pour Lucien » (p. 447).

La comparaison/typisation qu'opèrent ces lignes dépossède l'histoire du jeune homme de son caractère exceptionnel pour réduire l'invraisemblable de trop nombreuses péripéties. Le sérieux de l'instance auctorale ne souffre que de quelques fantaisies avec des titres comme « Flicoteaux », « Finoteries », « Jobisme » [...] le secret inhérent au titre comme manque à savoir sur le texte, devinette en attente de réponse, n'est pas exploité par des titres visiblement embrayeurs d'énigme : il n'est que connoté par « Les coulisses », « Un intérieur d'actrice » ou « Les arcanes du journal ». Ce déficit indiciel a pour corollaire l'expansion fonctionnelle du réseau. Les principes qui gouvernent le système représentatif balzacien comme typologie analytique fonctionnent à l'échelle des titres qui classent, rangent, numérotent les phénomènes observés : prenons-en pour exemple la litanie des libraires qui égrène successivement « Deux variétés de libraire », « Troisième variété de libraire », « Quatrième variété de libraire », « Cinquième variété de libraire », étude quasi physiologique que complètent un portrait : « Re-Dauriat », et une scène de genre : « Le libraire chez l'auteur ». La ressemblance des titres met en série ces passages et tend à les autonomiser en fragments didactiques indépendants du scénario romanesque. Il y a moins ici intégration du discursif au narratif par le biais des titres que primat du premier sur le second, signalé et même emblématisé par eux. [...]

Les titres de *David Séchard ou Les souffrances de l'inventeur* en 1843 s'opposent trait à trait à ceux des romans de 1837 et 1839. Ils s'allongent et les formes nominales y deviennent minoritaires. Dès le premier titre, « Triste confession d'un enfant du siècle », la médiation de l'allusion culturelle sabote l'illusion d'une représentation tranquillement mimétique sans intermédiaire. Ce titre contient un pléonasme : imagine-t-on un enfant du siècle joyeux, heureux ou seulement tranquille ? non, l'enfant du siècle ne peut être que triste.

« Triste » confession ironise par avance sur les clichés romantiques attendus. Or si l'ironie crée une connivence avec le lecteur, elle défait ou au moins déplace le rapport pédagogique précédemment instauré. À travers les titres génériques qui se multiplient désormais, le texte s'avoue comme manipulation littéraire et le romanesque se reconnaît assemblage hybride. [...]

III. INTERTEXTES

Retour en arrière, de quelques années, nécessaire si l'on veut comprendre les tours et détours de la création balzacienne. Nous voici entre 1829 et 1832. Avant que la machine *Illusions perdues* ne se mette en action, d'autres textes préexistants sont là, qui, à distance, ont pu participer à la genèse du grand œuvre. Sources ? « Intertextes », comme on dit aujourd'hui plus pudiquement, plus démocratiquement aussi, pour ménager des liens latéraux — et non plus de lignage — entre les grandes œuvres et leurs versions anticipées ? À chaque exemple, il faudrait reprendre l'évaluation du concret des relations intertextuelles. En tout cas, la critique érudite a essayé avec succès bien des pistes pour démontrer que Balzac a, sinon emprunté tel ou tel épisode, du moins pu subir à tel ou tel endroit du livre quelque influence plus ou moins directe. À la lecture de ces études, une liste de textes se dégage, qui ont pu participer à la genèse d'*Illusions perdues*.

A. LA MORT DE CORALIE

Une bonne partie des pistes concerne l'épisode pendant lequel Lucien compose des flonflons au chevet de Coralie mourante. Une littérature nourrie a démontré les liens entre cette scène célèbre et plusieurs de ses avant-textes potentiels.

Plutôt que de reprendre l'argumentation des divers critiques, laissons le lecteur juge de ces influences intertextuelles, en lui mettant sous les yeux deux de ces textes sources, ici republiés pour la première fois.

A. Loève-Veimars, « Littérature étrangère. Aloysius Block », *Revue de Paris*, 24 mai 1829, p. 129-137. (Seule la fin de la nouvelle est ici reprise.)

Je ne rends assurément ni l'énergie des plaintes, ni la naïveté singulière des expressions d'Aloysius, en me peignant ses douleurs. Je renonce même à rapporter l'affreux récit qu'il me fit de la mort de

Jeanne. Je dirai simplement et en peu de mots, que le défaut de soins durant ses couches, l'humidité d'une chambre basse et le froid dont elle ressentit plusieurs fois les atteintes, en allant au milieu de la nuit porter des provisions à Aloys, la conduisirent en peu de jours au tombeau. Elle mourut la veille de Noël, époque de réjouissances dans toute l'Allemagne, et particulièrement à Nuremberg, où se débite un grand nombre de joyeuses chansons, composées pour les réunions d'amis qui ont lieu dans cette circonstance. Aloysius avait vendu peu à peu tous les misérables objets de son ménage pour subvenir aux dépenses que lui avaient causées les couches de Jeanne. Quand elle eut rendu le dernier soupir, il ne lui restait pas un écu pour la faire ensevelir. Surmontant son désespoir, il alla solliciter des secours auprès de plusieurs bourgeois qui lui avaient autrefois témoigné de l'amitié ; ils refusèrent de le recevoir. L'église lui fut aussi fermée ; il n'était pas marié ! — Enfin il se souvint d'un vieux parent qu'il n'avait pas vu depuis long-temps. C'était un marchand de ces petits recueils enluminés où se trouvent des chansons et des ballades, et qu'on nomme almanachs de Nuremberg ; ils sont aussi populaires dans le Nord, que le sont les almanachs de Liège parmi nous. Le malheureux Aloys lui exposa son affreuse situation, et le supplia, au nom de ce qu'il avait de plus cher, de lui donner dix écus pour acheter un suaire, et faire clouer dans un cercueil les restes de sa pauvre amie.

— Aloys, lui dit son parent, dix écus sont le prix de soixante almanachs. C'est le bénéfice de plus d'une semaine. Je ne puis te les donner ; mais je ne m'oppose pas à ce que tu les gagnes, et demain tu pourras les avoir : voici les épreuves de l'almanach de Noël, qui ne doit pas tarder à paraître. Il me manque une feuille, tu es poète, compose-moi trois jolies chansons, comme on les aime, avec un refrain bien gai, et je te compterai dix écus.

— Je travaillais déjà en bois, me dit Aloysius, alors j'étais encore peu exercé, et il m'eût fallu sculpter pendant huit jours pour gagner cette somme. Je revins presque expirant de souffrance et de malheur. Le corps de Jeanne était étendu sur mon lit, recouvert d'un drap de laine. J'allumai deux chandelles que je plaçai à ses pieds, je priai Dieu, comme je ne l'avais jamais fait, avec une ferveur ardente ; le malheur rend crédule et dévot : puis, je me relevai, et je pris la plume. — Oh ! l'effroyable nuit ! J'étais condamné à fredonner auprès de la mort, à appeler de joyeuses pensées dans la chambre où quelques heures auparavant j'avais entendu les derniers râlemens de celle que j'aimais uniquement au monde ! Je sentais ma tête s'égarer, je poussais d'affreux ricanemens, je répétais en pleurant mes refrains auxquels je mêlais involontairement les psaumes des trépassés ; puis tout disparaissait devant moi : mes yeux se fermaient, et je restais immobile, jusqu'à ce que, me relevant tout à coup, j'apercevais tout près l'ombre du corps de Jeanne qui se projetait sur le mur, surmontée de celle du crucifix que j'avais placé à son chevet. Oh ! quelle nuit !

Que vous dirai-je ? Je gagnai mes dix écus. On me dit même que mes chansons étaient fort gaies ! Le lendemain, je renonçais à l'état de garde de nuit ; je me fis sculpteur en bois.

« Le Jeune Auteur. Anecdote du XX siècle », *Le Sylphe*, 16 décembre 1829 (texte intégral).

L'âge d'or n'est point encore venu pour les gens de lettres. Si la fortune sourit à quelques uns, elle n'est pour d'autres qu'une amante inflexible. On estimait peu il y a un siècle les nobles nourrissons des Muses, comme on les appelait alors ; gueux et poètes étaient devenus synonymes. Sans doute le métier d'écrivain est plus en honneur aujourd'hui, mais ce n'est point à la bourse. À côté d'un petit nombre de plumes heureuses qui sont parvenues à conquérir la richesse, on voit maint auteur maudire l'état famélique que lui ont fait embrasser le hasard ou les conseils trompeurs de l'amour-propre. L'anecdote suivante en est la preuve ; elle est tirée des mémoires inédits d'un vaudevilliste.

Auguste C... était fils d'un honnête négociant de province. Son père qui lui trouvait des facultés supérieures, lui fit donner ce qu'on appelle de l'éducation. Le jeune homme en profita ; à vingt ans, il était aussi instruit qu'on peut l'être quand on a fait ses études, et il avait autant d'esprit que vous et moi, qui nous croyons très-spirituels. Cependant, le père d'Auguste vint à mourir. Il laissait à son fils une fortune honorable et un établissement prospère ; mais le jeune homme qui avait de l'éducation regarda le commerce du haut de sa supériorité intellectuelle, et s'empressa de vendre ce qu'il nommait la boutique paternelle ; il prit un genre de vie plus convenable pour un homme qui a de l'éducation et de l'esprit ; et bientôt, cette fortune acquise par tant de travaux et de privations, fut dissipée en plaisirs et en sorties de toute espèce, car Auguste voulait tout connaître, tout éprouver, tout sentir, pour achever son éducation et devenir plus spirituel encore. L'amour vint le consoler de la perte de ses richesses ; il aima et sut se faire aimer d'une jeune personne de bonne famille, mais comme il était ruiné, on lui refusa sa main qu'il n'avait sollicitée que pour satisfaire à l'usage, car l'hymen est une chose bien vulgaire et bien prosaïque pour un homme qui a de l'éducation et de l'esprit, comme vous et moi. Cet échec ne le fit pas renoncer à sa maîtresse, il redoubla d'ardeur auprès d'elle, et sut si bien la captiver qu'elle abandonna sa famille pour le suivre à Paris. Les parents, furieux de la conduite de leur enfant, lui donnèrent leur malédiction et ne voulurent plus entendre parler d'elle.

Dès qu'Auguste fut à Paris avec sa maîtresse, il respira plus à son aise : il entrait dans un monde nouveau, dont il respirait l'air avec volupté. La capitale des beaux-arts, le centre de la civilisation ! Quel est le jeune homme sur qui ces mots ne produisent pas un effet magique ?... Qui ne se croie appelé à jouer un rôle sur ce grand théâtre ?... L'avenir n'offrait aux yeux d'Auguste que de brillantes perspectives. Ce n'est qu'à Paris, se disait-il, que peut vivre un homme qui a de l'éducation et un esprit supérieur. Les débris de son opulence devaient le faire subsister quelque temps, et la littérature à laquelle il devait se livrer, ne pouvait manquer de lui fournir une existence indépendante !... Mais la république des lettres a des frontières hérissées de douaniers, l'hospitalité y est inconnue ! l'envie, l'avarice et la médiocrité s'y coalisent pour repousser les invasions du talent... Auguste ignorait tout cela ; il se mit à écrire ; il composa des ouvrages dans tous les genres. Une année s'écoula, au bout de laquelle ses ressources pécuniaires étaient épuisées, et ses travaux sans résultat ; les théâtres repoussaient ses drames, les libraires repoussaient ses volumes, et chaque jour quelque privation nouvelle le rapprochait de la misère. L'amour seul lui restait encore, mais cet amour même augmentait son tourment ; il souffrait pour celle dont il avait flétri la destinée, lui qui s'était promis de la rendre si heureuse ! Et cette idée était bien plus pénible que son propre malheur ! Enfin, Caroline (c'était le nom de la jeune fille) prit le parti d'écrire à ses parents pour implorer leur pardon. Elle n'en reçut qu'une réponse dure et accablante. La chagrin, les regrets, les remords, portèrent le ravage dans cette âme peu faite pour la douleur. Caroline tomba malade. Quel fut le désespoir d'Auguste ! Sans crédit, sans amis et dans une pénurie totale, il ne pouvait donner à son amie que les soins qu'inspire la tendresse, secours impuissants contre les maux physiques !

Un jour, qu'abattu par la fatigue et l'inquiétude, il veillait au chevet de sa maîtresse, on frappe à sa porte... Il ferme les rideaux du lit et va ouvrir... C'était M. B..., libraire, aussi connu par la jovialité de son caractère que par le grand nombre d'in-32 qu'il a lancés dans le commerce. Auguste lui avait plusieurs fois proposé ses manuscrits, mais toujours sans succès ! Savez-vous mon cher, dit-il à Auguste, que vous demeurez diablement loin ?... Il est vrai que le génie... Vous comprenez !... Malgré cela, c'est désagréable !... pour arriver chez vous, on a encore une lieue à faire en descendant de cabriolet... Vous comprenez !... Diable ! votre logement n'est pas vaste... Vous n'avez qu'une pièce... Ce n'est pas trop... Vous n'êtes donc pas... J'en conviens, répondit Auguste, je suis assez mal à l'aise, mais je n'en rougis pas, car c'est plutôt votre faute que la mienne. — Comment ? — Que n'achetiez-vous mes manuscrits ? — Mon cher, vous croyez que cela se fait comme ça. Certainement, vous avez du talent, beaucoup de talent. Mais vous n'avez pas de réputation... Vous comprenez ? — Et comment pourrais-je me faire une réputation, si l'on n'imprime pas mes ouvrages ? — Ah ! voilà... les commencements sont toujours difficiles, surtout quand on n'a pas d'amis, de protecteurs... Eh bien ! moi, je serai le vôtre... et la preuve c'est que je vous apporte de la besogne. — Vraiment ? sans doute, quelque résumé d'histoire ou quelque compilation scientifique... Qu'importe ! j'y travaillerai volontiers. — Du tout, ce n'est pas cela ! Je ne veux pas de prose pour le moment : ce sont des vers. On dit que vous les faites joliment... on dit même que vous donnez dans la tragédie ! Vous avez tort... vous avez grand tort, mon cher, nous ne tenons plus la tragédie, ça n'est plus de défaite... Moi, je ne vous demande que des petits vers... des vers tout petits, tout courts... Voici ce que c'est !... le ministère actuel ne peut plus tenir... je suis bien informé, dans trois jours le cabinet sera renouvelé tout entier, les nouveaux ministres sont déjà nommés ou à peu près... Il s'agit de profiter de la circonstance... Vous comprenez !... Il me faudrait quelque chose qui fît de l'effet ! j'ai songé à une complainte — Une complainte ! — Oui, mon cher, c'est ce qu'il y a de mieux, j'en vendrai cent mille exemplaires à cinq sols... c'est une bonne idée... une idée patriotique... Il y a là vingt mille francs à gagner, pour moi... Quant à vous, si, demain matin, la complainte est terminée, je vous compterai vingt-cinq louis ! — Vingt-cinq louis ! — N'est-ce pas, c'est joli !... Allons, c'est convenu !... Par exemple, il me faut quelque chose de très-drôle, qui fasse pouffer de rire... Mais cela vous est facile à vous autres qui avez de l'esprit et de l'éducation ! — Allons, je tâcherai, je ferai mon possible ! — Adieu. Ne me reconduisez pas, c'est du temps perdu !... Vous comprenez... À demain.

Dès que M. B. fut parti, Auguste réfléchit à la singularité de sa situation ! Une complainte ! Moi ?... oui, mais vingt-cinq louis... avec cela je vivrai quelque temps, je ferai venir un médecin... Il n'y a pas à hésiter... En ce moment Caroline l'appela... elle souffrait beaucoup ; sa maladie avait fait d'effrayants progrès. « Chère Caroline, lui dit-il, bientôt tu seras guérie, j'entrevois des jours heureux... demain nous aurons de l'argent, demain nous serons riches ? — Demain !... répondit-elle... » Ce fut le seul mot qu'elle prononça !... et sa tête retomba sur l'oreiller.

Auguste se mit à l'ouvrage, il passa la nuit, auprès du lit de sa maîtresse expirante ; il écrivait une chanson, son esprit était monté au ton de la bouffonnerie ! Les idées folles, les expressions burlesques s'échappaient en foule de sa plume ; le matin, il avait fini ; il relut sa complainte ; elle était parfaite. Content de son travail, il oublia même un instant sa position et la malheureuse qui gisait à côté de lui ! Quelqu'un entre : c'est un envoyé du libraire, il est porteur d'une lettre qu'Auguste s'empresse d'ouvrir. Elle contenait ce qui suit : « Mon cher ami, on m'avait trompé, ou plutôt le vent a changé : le ministère est plus solide qu'on ne l'imaginait ; il a repris le dessus, et il est capable de durer encore six mois ; c'est très-fâcheux pour ma spéculation. Je n'ai pas besoin de vous dire que votre complainte nous servira plus tard, mais il faut l'ajourner indéfiniment.

Votre tout dévoué, B...

Ce billet fut un coup de foudre pour Auguste. Saisi d'une morne stupeur, il était depuis quelques minutes immobile et privé de l'usage de ses facultés, lorsqu'un profond gémissement le tira de sa léthargie... Il court au lit de sa maîtresse, ouvre les rideaux !... Caroline venait de rendre le dernier soupir.

B. LA PISTE SAINT-AUBAIN

Jules Sandeau n'est pas seulement l'un des modèles partiels possibles, à la fois pour Lousteau et pour Lucien. Il est aussi le signataire de la biographie de l'apocryphe Horace de Saint-Aubain, qui accompagne l'édition des œuvres de jeunesse de Balzac (*Vie et malheurs de Horace de Saint-Aubain*), en ouverture à l'édition de ses *Œuvres complètes*, mises en ordre par Émile Regnault, Paris, Souverain, 1836. Divers passages de ce texte auquel Balzac lui-même a dû collaborer (dans une proportion difficile à mesurer) entretiennent des liens évidents avec divers passages d'*Illusions perdues*.

1. Portrait d'Horace de Saint-Aubain (à comparer avec le portrait de Lousteau, p. 211-212).

Vers la fin de l'hiver de 1829, le hasard me fit connaître un maigre et pâle jeune homme, nommé Horace de Saint-Aubain. Je le visitai quelquefois dans une mansarde qu'il occupait rue du Four-

Saint-Germain, à l'Hôtel de l'Ange-Gardien. Il était pauvre, mais fier, et avait surtout la pudeur de l'infortune. Son visage était beau, mais flétri ; on voyait que les espérances avaient, en s'envolant, sillonné son front du bout de leurs ailes. Souvent je le rencontrai se promenant tristement sous les allées effeuillées du Luxembourg. Il ne me fuyait pas, mais je le savais amant jaloux de la solitude et je le recherchais avec un médiocre empressement. Il se plaignait rarement ; il parlait parfois avec quelque amertume d'illusions éteintes, d'ambitions déçues, de génie étouffé. Je me souviens qu'un jour, ayant grimpé à sa mansarde, je le trouvai appuyé sur une pile de volumes in-douze ; il lisait à haute voix un chapitre du *Curé des Ardennes*. Son geste était animé, son regard brillant, ses paroles brèves et saccadées. Lorsqu'il eut achevé, il tira de sa poche un briquet fumade, et, faisant jaillir une étincelle du phosphore comprimé, il alluma un des feuillets du livre et le jeta tout embrasé dans le foyer de sa cheminée prussienne.

2. La visite du libraire (à comparer avec l'épisode de la visite de Doguereau à l'hôtel de Cluny, p. 220-222).

Enfin, Horace trouva un entremetteur à sa pensée. Un éditeur, homme d'esprit et de goût (il s'en trouve quelquefois), s'avisa de lire la *Dernière Fée*, et eut la délicatesse de penser qu'on pourrait tirer du cerveau d'Horace de Saint-Aubain quelques billets de mille francs au profit de la librairie. Après avoir consulté son portier et sa cuisinière, il sortit avec la pieuse intention d'offrir quinze cents livres à Horace de Saint-Aubain, en échange du manuscrit. Arrivé à la rue du Four, l'éditeur en trouva les pavés si sales qu'il résolut de n'offrir que mille francs. L'Hôtel de l'Ange-Gardien lui sembla d'un aspect si malhonnête qu'il rogna de deux cents livres la générosité de ses propositions. Il respira dans l'escalier une odeur si infecte qu'il rogna cent livres de plus ; puis, à partir du premier, cinquante francs par étage. Puis, en apercevant, dans la chambre d'Horace, des vitres en papier huilé, des rideaux brodés à jour par la nature, une chaise boiteuse, une couchette maigre et plate, une cuvette fêlée, une cheminée sans feu (on était au mois de décembre) et Horace écrivant, les pieds dans sa couverture et tenant son encrier dans la main gauche, afin que l'encre ne gelât pas, le vertueux éditeur, touché de la compassion la plus vive, les larmes aux yeux et la voix tremblante, n'offrit plus que trois cents francs pour quinze cents exemplaires de la *Dernière Fée*.

Cet éditeur était évidemment un homme de beaucoup d'esprit et d'un sens droit comme un *i* ; il avait sans doute formé son jugement par l'étude des sciences exactes. Archimède et Blaise Pascal n'eussent pas mieux raisonné, à coup sûr. Voilà ce que dit, en se parlant à lui-même, ce merveilleux éditeur : « Ce jeune homme n'a pas de tapis sous les pieds, par conséquent il n'a pas de tapis à payer ; il demeure au sixième étage, partant, son loyer lui coûte peu ou point ; il n'a ni chevaux ni voitures, donc, point de dépenses chez le sellier et le carrossier ; il est si maigre qu'il ne mange, j'en suis sûr, que d'un médiocre appétit, donc peu de frais au restaurant ; il a un habit râpé, donc le mémoire de son tailleur ne monte pas bien haut ; il n'a pas de feu au mois de décembre, donc il ne doit rien à son marchand de bois ; son escalier tue les mouches au vol, donc le parfumeur ne le ruine pas ; j'aperçois dans le coin de la chambre deux bottes qui bâillent sur toutes les coutures comme si elles entendaient lire les œuvres de leur maître, donc leur maître n'abuse pas de son crédit chez le bottier ; décidément ce jeune homme est un garçon très rangé, qui n'a besoin de rien et qu'il faudrait citer comme un saint et précieux exemple à tous les fils de famille. Ma position est embarrassante : si je lui offre de l'argent, je blesserai son amour-propre ; il croira que je lui suppose des goûts ruineux, des mœurs désordonnées, des créanciers acharnés, des dettes déshonorantes : dans sa colère il me jettera à la porte, cela ne fait pas un doute. D'un autre côté, si je lui demande son manuscrit pour rien, j'ai l'air d'un misérable qui va mendier du papier noirci. Voila ce que je décide : je vais offrir un prix qui soit en rapport avec les besoins de ce garçon, et ces besoins me semblent si bornés qu'en proposant trois cents francs pour quinze cents exemplaires, je crains encore de blesser la délicatesse de ce digne et brave jeune homme. »

Il fut fait ainsi qu'il avait été dit. Horace livra son manuscrit pour trois cents francs, payables sur le dernier bon à tirer. Lorsqu'il alla réclamer le salaire de son œuvre, on lui présenta un petit mémoire de quatre cents livres pour corrections faites sur les épreuves. En déduisant de cette somme les trois cents francs qui lui étaient dus, Horace ne devait plus que cent francs à l'imprimerie. La *Dernière Fée* parut et réussit.

— Encore une demi-douzaine de triómphes comme celui-là, dit Horace, et je suis ruiné de fond en comble.

C. LE PASTICHE DE JULES JANIN

L'article de Lucien sur *L'Alcade dans l'embarras* (p. 313-316) passe à juste raison pour être un pastiche du style « capricant » de Jules Janin. La même brusquerie de tour, les mêmes ruptures, les mêmes jeux d'esprit se retrouvent en particulier dans le célèbre incipit de l'article que le « prince des critiques » a consacré à *La Peau de chagrin* dans *L'Artiste*.

Jules Janin, « *La Peau de chagrin*, par M. de Balzac », *L'Artiste*, 14 août 1831, p. 18-19.

Bon ! allons donc, marchez et voilà ! Je ne puis mieux commencer mon article sur Balzac.

Si vous avez des nerfs, prenez vos nerfs et accrochez-les où vous voudrez : derrière la porte à côté du balai, ou au gibet de Mont-Faucon, s'il y avait encore un gibet à Mont-Faucon. Quand vous aurez lu le livre de M. de Balzac, vous reprendrez vos nerfs si vous osez.

Vous entendez un grand bruit ; on entre, on sort, on se heurte, on crie, on hurle, on joue, on s'enivre, on est fou, on est fat, on est mort, on est crispé, on est tout balafré de coups, de baisers, de morsures, de volupté, de feu et de fer. Voilà toute *la Peau de chagrin*.

C'est un livre-brigand qui vous attend au coin du bois, dans votre salon, dans votre lit d'asthmatique, au théâtre, à la chapelle, à cheval, à pied, en voiture, en bateau ; le livre vous guette pistolet en main, poignard en main : La bourse ou la vie ! Vous donnez votre bourse, votre vie, votre œil, votre souffle, vos poumons, vos entrailles, tout vous-même, pour un morceau de peau de chagrin pas plus long que le doigt.

Un morceau de peau noire, étroite, étriquée comme un poème descriptif, une lèpre horrible à voir : cette lèpre, c'est l'emblème de la vie. Cela se trouve chez un juif, au milieu d'un tas de lunettes, de vases étrusques et de casseroles au rebut ; on achète cette peau et on l'emporte chez soi. Singulier crâne que celui de Balzac.

C'est le crâne d'un fou et d'un poète, fou plein de verve, de sarcasmes et de mauvais rire ; poète moqueur, sceptique, railleur, insensible, mauvais, coloriste à pleines poignées, qui met du rouge, du vermillon, du noir, du gris par couches, par bandes, par plaques. [...]

IV. LA RÉCEPTION CONTEMPORAINE

Signe des temps : le critique chargé de rendre compte de la première partie d'*Illusions perdues* dans *L'Artiste* en 1837 ne trouve rien de mieux à faire qu'un parallèle entre Balzac et... Paul de Kock. Parallèle dont le second n'est pas loin de sortir vainqueur !

Cs-A, « À un élève de l'école des Beaux-arts à Rome. Deuxième lettre » (sur *Illusions perdues*, 1- partie), *L'Artiste*, 1837, t. XIII, 15- livr.

M. Paul de Kock vient de publier *Zizine*, et M. de Balzac *les Illusions perdues*. Si je m'adresse à une grisette pour savoir lequel de ces deux livres l'emporte sur l'autre, je ne pourrai douter un seul instant de la supériorité de *Zizine* ; voilà qui est certain. Si, au contraire, je demande son opinion à une duchesse, à une duchesse de trente ans surtout, je n'obtiendrai qu'un sourire méprisant pour réponse ; ce qui signifiera : Il n'y a pas de comparaison à faire ; vous n'êtes qu'un sot ; *les Illusions perdues* sont un chef-d'œuvre. Quel avis sera le meilleur, celui de la duchesse de trente ans ou celui de la grisette ? Chacun des deux, selon moi.

Je consulterai vainement, dans une telle question, un homme littéraire. Les livres de MM. Paul de Kock et de Balzac n'ont rien de commun avec la littérature, me serait-il jeté au nez. Comment donc sortir d'un tel labyrinthe ?

[...]

Si vous me demandez maintenant lequel de MM. Paul de Kock ou de Balzac me semble préférable, je vous répondrai que cela dépend des goûts ; qu'ils me plaisent jusqu'à un certain point l'un et l'autre ; que M. Paul de Kock me semble l'emporter sur son rival pour ce qui est d'observation et de comédie, mais que M. de Balzac l'emporte à son tour au point de vue du drame et de l'émotion : l'un m'intéresse sans m'attendrir, l'autre me fait rire sans m'égayer. [...]

Prenant à cœur de défendre le « petit journal », *Le Figaro* a commencé par répliquer du tac au tac à l'extrait d'*Un grand homme de province à Paris* paru le 4 juin 1839 dans *La Presse* (« Comment se font les petits journaux »), par un article signé A. S. : « Comment répondent les petits journaux » (9 juin). L'argumentation consiste à rappeler que Balzac a lui-même collaboré à divers petits journaux, et que, comble d'industrialisme, il vient de revendre à l'éditeur des *Français peints par eux-mêmes*, un article initialement paru dans *La Silhouette*, le 22 avril 1830 : *L'Épicier*. Accusation injuste puisque le texte entre-temps a été profondément remanié. Le 28 juillet 1839, le même A. S [Albéric Second] se déchaîne contre le « dernier livre de M. de Balzac ».

A. S. [Albéric Second], « Le dernier livre de M. de Balzac », *Figaro*, 28 juillet 1839.

[...] M. de Balzac fonctionne toujours, avec la célérité d'une machine à romans, de la force de quatre-vingts plumes ; et de ce côté, il est intarissable. Mais c'est quand on considère quel travail de décroissance et de désorganisation s'est opéré et s'opère encore dans la tête de cet homme, qu'on demeure convaincu de la vérité de mes paroles. Qu'est devenue son imagination si fertile et sa manière si pleine de vie ? Sa puissance d'études morales et sa richesse d'observation, que sont-elles devenues ?

[...]

C'est dans sa dernière publication que cet esprit usé, cette imagination tarie, ce style qui n'en est plus un se sont révélés hideux et décharnés. M. de Balzac est mort ; son ombre seule subsiste ; l'auréole qui entoure ce nom, jadis tant célèbre, pourra bien le galvaniser encore quelque temps aux yeux des cabinets de lecture de quelque province reculée, mais le charme — en admettant qu'il ne soit pas entièrement détruit —, disparaîtra bientôt, et, de fait, ce sera justice...

Où donc trouver, plus que dans *ce grand homme de province,* des mœurs fausses et un but extravagant ? L'auteur a prétendu saper le journalisme dans sa base, irrité que la critique lui ait signalé ses erreurs et lui ait fait son procès chaque fois qu'il y eût lieu ; M. de Balzac a troqué sa plume contre un poignard, son encre contre du fiel, et il s'est mis à écrire l'histoire des journaux et des journalistes, comme il affirme la connaître ; à son sens, qui dit journal, dit coupe-gorge infâme, sentine dégoûtante, réceptacle impur. Il pousse même la délicatesse jusqu'à définir la presse : *le bagne de l'intelligence.* Quant aux journalistes, notre plume répugne à reproduire les odieuses calomnies qu'il entasse à leur endroit.

Cette partie du livre est tellement hideuse que nous ne lui ferons pas l'honneur de nous en occuper davantage. On ne frappe point de coup dangereux lorsqu'on dépasse le but ; et le plus atroce supplice qui pût être infligé à Érostrate, ce fut de vouer son nom à l'obscurité et à l'oubli [...]. Jamais M. de Balzac n'avait poussé à un degré aussi déplorable l'abus de ces locutions vicieuses, de ces tours embarrassés, de ces descriptions diffuses et de cette prétention à la profondeur intellectuelle qui font de ses romans un pendant curieux aux livres embourbés et pâteux qui florissaient en France, avant que *Malherbe vînt.*

Telle est la publication dernière de M. de Balzac. Dieu veuille, pour nous et pour son libraire, que ce soit en outre sa dernière publication.

Amen !

Mais c'est Jules Janin qui, dans son grand article de la *Revue de Paris*, a le mérite de représenter au plus juste le commun des incompréhensions de la critique du temps. Janin affecte de n'entrer dans le livre qu'à reculons, en se

bouchant les narines, et après avoir devisé de choses et d'autres.

Vous voyez que j'hésite encore à me précipiter dans ce nouveau récit. Cela me fait mal de trier ces affreux détails, de découdre, lambeaux par lambeaux, ces haillons de pourpre maladroitement attachés à ces haillons de bure. Mais encore une fois, il le faut ; donc fermons les yeux, retenons notre haleine, mettons à nos jambes les bottes imperméables des égoutiers, et marchons tout à notre aise dans cette fange, puisque cela vous plaît.

Jules Janin, « *Un grand homme de province à Paris*, par M. H. de Balzac », *Revue de Paris*, juillet 1839, cité par Richard Bolster, *Documents littéraires de l'époque romantique*, Minard, Lettres Modernes, 1983, p. 152.

Janin ironise à plaisir sur les excès descriptifs de Balzac, tant ceux que manifeste le portrait de Lucien que l'évocation du Palais-Royal.

Quel style ! La description de l'alouette, par Dubartas, est un chef-d'œuvre, comparée à ce galimatias double. Que je voudrais bien voir un de nos maîtres dans l'art d'écrire assister à cette *blancheur veloutée*, au cristallin *de ces yeux noirs à force d'être bleus*, à ces *sourcils comme tracés par un pinceau chinois*, à ces *tempes d'un blanc doré*, à ce *menton court et pourtant relevé ;* quant aux *lèvres de corail*, c'est là une couleur un peu bien vieille pour des lèvres quelconques. Ce qu'il y a de plus merveilleux dans ce portrait, ce sont des *hanches* conformées comme *celles d'une femme* : ces hanches doivent gâter, que vous en semble ? la grande beauté de M. Lucien, bien plus, pour peu que la voix du jeune homme ne soit pas encore formée, ces hanches-là doivent être horribles à voir. Quant à la conclusion, que *les grosses hanches annoncent les esprits les plus fins*, ceci est d'une physiologie si savante qu'il nous est impossible de dire où cela s'arrête, où cela commence. Ceux qui ont eu l'insigne honneur de voir de près M. de Talleyrand, M. de Metternich ou M. de Nesselrode,

Ibid., p. 145-146 et p. 158-159.

pourraient seuls vérifier l'assertion de M. de Balzac ; si la chose est vraie, la diplomatie s'enrichira d'un mot nouveau ; on ne dira plus : C'est un homme de génie, c'est un esprit fin, il a peu de talent ; mais on dira : *C'est une fameuse paire de hanches.* [...]

Ici se rencontre une terrible description du Palais-Royal, au temps où cette population équivoque de libraires et de marchands de modes grouillait encore pêle-mêle dans les galeries de bois ; on sait que M. de Balzac excelle dans ces sortes de descriptions fangeuses : le bois pourri, l'eau stagnante, le linge lavé dans les cuvettes, étendu sur des cordes, digne lessive des lieux vicieux ; l'odeur horrible du moisi, de la chaufferette, du hareng saur, les causeries des marchands et des marchandes, la gent trotte-menu des filles de joie, « celle-ci en cauchoise, celle-là en espagnole, l'une en boucles comme un caniche, l'autre en bandeau lisse, les unes et les autres nues jusqu'au milieu du dos *et très-bas aussi par devant, leur jambes prêtes à faire éclater leurs bas blancs* ». En un mot, tout ce cynisme public des personnes et des choses, tout cela monte à la tête de l'écrivain, et il se met à décrire, à décrire, à décrire ! — Rien ne lui échappe, pas une ride, pas une croûte gluante de cette lèpre immonde, c'est à faire soulever le cœur, et malgré toute la puissance que doit avoir un écrivain pour en arriver là, l'on se demande quels plaisirs peuvent donc trouver les lecteurs de M. de Balzac à ces affreux détails ?

Témoignant des hiérarchies ordinaires dans la critique du temps, Janin met Sand au-dessus de Balzac. C'est elle qui est le « roi des romanciers moderne ». Balzac, en revanche, n'est qu'un « magnétiseur ». Un « inventeur », mais pas un « écrivain »...

Ibid., p. 172-173.

Mais, me direz-vous, M. de Balzac a bien de l'esprit, il est le maître du roman moderne, il produit sur ses lecteurs une fascination puissante, il magnétise, pour ainsi dire, cette âme qui lit, la transportant à son gré dans tous les abîmes de la licence et du doute ; [...] il sait à fond les mœurs du journal, il a été journaliste lui-même, à telle enseigne que son journal est mort sous lui ; comment donc voulez-vous qu'il se trompe à ce point ? comment donc cette précieuse sagacité peut-elle être ainsi en défaut ? [...]

Je vous répondrai d'abord que M. de Balzac n'est pas le roi des romanciers modernes ; le roi des romanciers modernes, c'est une femme, un de ces grands esprits pleins d'inquiétudes qui cherchent leur voie, et qui même, quand elle écrit ses plus beaux romans, me produit l'effet d'Apollon gardant les troupeaux d'Admète. Viennent ensuite, tantôt à côté, tantôt derrière M. de Balzac, tantôt devant lui, plusieurs romanciers qui, comme lui, regardent avec grand mépris la société telle qu'elle se comporte [...]

[...] M. de Balzac est tout simplement, et c'est déjà beaucoup, un des maîtres du roman moderne ; c'est l'imagination, sinon la plus active, du moins la plus remuante de ce temps-ci. Il a presque toutes les qualités de l'inventeur ; il n'a aucune des qualités de l'écrivain, ni fermeté dans la phrase, ni justesse dans l'expression ; il hésite, il tâtonne, il cherche ; il revient sur ses pas, il ajoute, il retranche, il remet en place ; son style est une espèce de casse-tête chinois [...]

Même sévérité sous la plume de Gaschon de Molènes dans la *Revue des Deux Mondes*, à la parution de *David Séchard ou les Souffrances de l'inventeur*. Trop grande abondance de morceaux rapportés, fausseté des caractères secondaires, extrême invraisemblance du père Séchard, tels sont les défauts dénoncés. Seule Ève échappe à cette censure bien pensante. Quant à l'« histoire parasite » de Lucien, le critique, qui n'a pas dû beau-

coup lire *Un grand homme de province à Paris*, se demande ce qu'elle vient faire...

[...] L'auteur de *David Séchard* disperse, à travers les chapitres de son roman, de longs fragmens qui seraient mieux à leur place dans la collection des manuels-Roret. Ainsi, il y a tour à tour une théorie complète de l'art du papetier, un exposé étendu des travaux de l'imprimeur, et enfin une histoire très détaillée et très érudite de la saisie et de la contrainte par corps, laquelle ferait honneur à l'huissier le plus expert [...]

Ève est la seule figure intéressante du roman, parce qu'elle et la seule honnête. L'auteur, pour peindre ce touchant caractère, a retrouvé souvent son pinceau délié d'autrefois. Quant aux personnages secondaires, ils sont tellement faux, qu'on n'en saurait accepter aucun. [...] M. de Balzac, au surplus, ne se met guère maintenant en frais d'invention. Il reprend, on le sait, ses vieux personnages et se contente de leur couper une basque d'habit et de leur mettre un peu de rouge. Ici encore, nous avons l'éternel Lousteau et l'éternel Lucien de Rubempré, le journaliste et le poète. [...]

Voilà comment se termine cette histoire parasite de Lucien, laquelle s'enchevêtre (on ignore comment et pourquoi) à travers des détails techniques qui s'enchevêtrent fort mal eux-mêmes dans une histoire décousue et sans intérêt. M. de Balzac croit avoir montré le Génie et le Dévouement, David et Ève, persécutés par la société ; en réalité, il n'a réussi qu'à mettre un niais honnête et une femme naïve au milieu d'une bande de fripons. Conçu sans proportions, composé sans méthode, écrit sans naturel, ce livre est le digne pendant de *Rosalie*. Pour exprimer cette idée que, dans un salon, une femme promène ses yeux sur ceux qui l'entourent, M. de Balzac dit : « Elle jette un regard de circumnavigation. » C'est là le style habituel du livre :

F. de Lagevenais (Gaschon de Molène), « Revue littéraire, Les derniers romans de M. de Balzac et de M. Frédéric Soulié » [sur *David Séchard*], *Revue des Deux Mondes*, 1er décembre 1843, p. 823-824.

un Cyrano, doublé de Scudéry, n'eût pas parlé autrement.

Pour faire contrepoids à cet imposant arsenal, il y a peu à glaner dans la critique contemporaine. Presque rien pour témoigner de quelque sympathie à l'égard des naissantes *Illusions perdues*. Balzac, on l'a vu, a même eu à souffrir du silence de Mme Hanska. Pour le payer de tant d'injustices, deux signes d'amitié elliptiques (en attendant la revanche posthume).

Samedi, 12 octobre 1839, à Frapesle.

[...]

J'ai su que vous aviez publié le *Grand Homme de province* et je me le suis procuré. C'est une œuvre toute d'esprit, mais de bon esprit, simple, sans prétention ; il y avait longtemps que je n'avais lu de vous quelque chose qui me fît autant de plaisir ; d'où je conclus que vos tableaux sont vrais, bien que je sois inapte à en juger. Je suis toute heureuse de vous donner cet éloge sans restriction, non que j'aie la fatuité de le croire de quelqu'importance, mais parce que rien ne m'apporte une sensation plus agréable que de me sentir à votre unisson, et nos milieux sont si différents que cette harmonie est rare. [...]

Zulma Carraud, lettre à Balzac, 12 octobre 1839, *Correspondance*, éd. Roger Pierrot, Garnier, t. III, 1964, p. 736.

[Saint-Gratien, 22 novembre 1839]

Bravo, cher Balzac, vous poursuivez votre œuvre avec une opiniâtreté de talent admirable ; mais quel courage il faut pour aller chercher dans le bourbier la boue que vous jetez aux barbotteurs ! Les portraits ne me font rien ; si vous n'aviez peint ceux-là, vous en auriez peint d'autres ; mais ce que j'admire c'est la philosophie de vos points de vue ; cette manière de peindre la société est à vous : vous représentez des figures hideuses avec la touche et la couleur de Rembrandt.

Astolphe de Custine, lettre à Balzac, 22 novembre 1839, *ibid.*, p. 761.

J'arrive des frontières de la Sibérie, et je ne sais rien du monde ; si le *Grand Homme de province* n'a pas fait de révolution je désespère de la plume comme moyen de civilisation. [...]

Après la mort de Balzac, c'est grâce à quelques grands écrivains que s'organise sa renaissance : Théophile Gautier, Jules Vallès entre autres (auxquels on pourrait ajouter Baudelaire, Taine et Barbey d'Aurevilly, dont le commentaire ne porte pas explicitement sur *Illusions perdues*).

Gautier, « Honoré de Balzac », série d'études publiées dans *L'Artiste*, du 21 mars au 2 mai 1858, cité d'après Claude-Marie Senninger, *Honoré de Balzac par Théophile Gautier*, Nizet, 1980, p. 97-99.

Si dans Canalis nous avons le faux poète, économisant sa maigre veine et lui mettant des barrages pour qu'elle puisse couler, écumer et bruire pendant quelques minutes, de manière à simuler la cascade, l'homme habile se servant de ses succès littéraires laborieusement préparés pour ses ambitions politiques, l'être positif aimant l'argent, les croix, les pensions et les honneurs, malgré ses attitudes élégiaques et ses poses d'ange regrettant le ciel, Lucien de Rubempré nous montre le poète paresseux, frivole, insouciant, fantasque et nerveux comme une femme, incapable d'effort suivi, sans force morale, vivant aux crocs des comédiennes et des courtisanes, marionnette dont le terrible Vautrin, sous le pseudonyme de Carlos Herrera, tire les ficelles à son gré. Malgré tous ses vices, il est vrai, Lucien est séduisant ; Balzac l'a doté d'esprit, de beauté, de jeunesse, d'élégance ; les femmes l'adorent ; mais il finit par se pendre à la Conciergerie. [...]

Le grand homme littéraire de *La Comédie humaine* est Daniel d'Arthez, un écrivain sérieux, et longtemps enfoui, avant d'arriver à la gloire, dans d'immenses études de philosophie, d'histoire et de linguistique. Balzac avait peur de la facilité, et il ne croyait pas qu'une œuvre rapide pût être bonne. Sous ce rapport, le journalisme lui répugnait singulièrement, et il regardait le temps et le talent qu'on y consacrait comme perdus : il n'aimait guère non plus les journalistes, et lui, si grand critique pourtant, méprisait la critique.

Ah ! sous les pas de ce géant, que de consciences écrasées, que de boue, que de sang ! Comme il a fait *travailler* les juges et pleurer les mères !

Jules Vallès, « Les Victimes du livre. Balzac », *Figaro*, 9 octobre 1862, repris dans *Les Réfractaires*, Achille Faure, 1866.

Je le sais, moi qui ai pu voir de près le bataillon des Irréguliers parisiens.

Combien se sont perdus, ont *coulé*, qui agitaient au-dessus du bourbier où ils allaient mourir une page arrachée à quelque volume de *La Comédie humaine*.

Ceux-ci, avec Rastignac, du haut d'une mansarde ou debout sur le pont des Arts, ont montré le poing à la vie et crié au monde : *À nous deux !* jurant sur *Le Père Goriot* ou le volume à côté, de faire leur trou à coup d'épée — ou de couteau, prêts à jouer tout, et, pour forcer la porte, sauter dans l'arène, passant d'avance sur le ventre des hommes et le cœur des femmes.

Les femmes, des drôlesses sentimentales, qui vous jettent des places, des croix par les alcôves, vous font entrer dans leur boudoir devant le mari qui s'en va, et vous promènent à leurs bras à travers les salons, au théâtre, au bois, devant le monde qui salue.

On ne parle que par millions et par ambassades, là-dedans ! Les hommes de lettres y font des vies ! les attachés s'en donnent !

[...]

Dans l'ombre au second plan, *La Vieille Fille, Les Deux Frères*, les chefs-d'œuvre !

Au soleil, le sermon de Vautrin, coupé par le célèbre jet de salive ! Et les pauvres garçons d'en faire un évangile, crachant comme lui, en homme supérieur (voyez la page), au nez de la société, qui les a laissés s'embarrasser dans leurs ficelles et tomber ! de ces chutes dont on porte la marque sur l'épaule.

Les Grands hommes de province à Paris ! — J'ai vu s'en aller un à un, fil par fil, leurs cheveux et leurs espérances, et le chagrin venir, quelquefois même le châtiment, — en voiture jaune, au galop des gendarmes. Qu'on en a reconduit de brigade en brigade, de ces *Illusions perdues* !

Mais le plus haut témoignage d'estime visant explicitement *Illusions perdues* sera plus tardif encore. C'est celui de Proust dans *Contre Sainte-Beuve*, à l'aube du siècle suivant. Méditant sur cet énoncé qui eût été bien inconvenant en 1839 : « Aimer Balzac », l'auteur de la *Recherche* fait de la rencontre entre Herrera et Vautrin la « *Tristesse d'Olympio* de l'Homosexualité ».

Proust, *Contre Sainte-Beuve* [1909], Gallimard, coll. « Bibliothèque de la Pléiade », 1971, p. 271-274.

[...] Aimer Balzac ! Sainte Beuve qui aimait tant définir ce que c'était que d'aimer quelqu'un aurait eu là un joli morceau à faire. Car les autres romanciers, on les aime en se soumettant à eux, on reçoit d'un Tolstoï la vérité comme de quelqu'un de plus grand et de plus pur que soi. Balzac, on sait toutes ses vulgarités ; elles vous ont souvent rebuté au début ; puis on a commencé à l'aimer, alors on sourit à toutes ces naïvetés qui sont si bien lui-même ; on l'aime, avec un tout petit peu d'ironie qui se mêle à la tendresse ; on connaît ses travers, ses petitesses, et on les aime parce qu'elles le caractérisent fortement.

Balzac, ayant gardé par certains côtés un style inorganisé, on pourrait croire qu'il n'a pas cherché à objectiver le langage de ses personnages, ou, quand il l'a fait objectif, qu'il n'a pu se tenir de faire à toute minute remarquer ce qu'il avait de particulier. Or, c'est tout le contraire. Ce même homme qui étale naïvement des vues historiques, artistiques, etc., cache les plus profonds desseins, et laisse parler d'elle-même la vérité de la peinture du langage de ses personnages, si finement qu'elle peut passer inaperçue, et il ne cherche en rien à la signaler. [...] Lucien de Rubempré, même dans ses apartés, a juste la gaieté vulgaire, le relent de jeunesse inculte qui doit plaire à Vautrin : « Allons, pensa Lucien, il connaît la bouillotte. » « Le voilà pris. » « Quelle nature d'Arabe ! » « Lucien se dit à lui-même : " Je vais le faire poser. " " C'est un lascar qui n'est pas plus prêtre que moi ". » Et de fait, Vautrin n'a pas été seul à aimer Lucien de Rubempré. Oscar Wilde, à qui la vie devait hélas apprendre plus tard qu'il est de plus poignantes douleurs que celles que nous donnent les livres, disait dans sa première époque (à l'époque où il disait : « Ce n'est que depuis l'école des lakistes qu'il y a des brouillards sur la Tamise ») : « Le plus grand chagrin de ma vie ? La mort de Lucien de Rubempré dans *Splendeurs et misères des courtisanes**. »

Dans cette dernière scène de cette première partie de la *Tétralogie* de Balzac (car dans Balzac, c'est rarement le roman qui est l'unité ; le roman est constitué par un cycle, dont un roman n'est qu'une partie) chaque mot, chaque geste, a ainsi des dessous dont Balzac n'avertit pas le lecteur et qui sont d'une profondeur admirable. Ils relèvent d'une psy-

* Il y a d'ailleurs quelque chose de particulièrement dramatique dans cette prédilection et cet attendrissement d'Oscar Wilde, au temps de sa vie brillante, pour la mort de Lucien de Rubempré. Sans doute, il s'attendrissait sur elle, comme tous les lecteurs, en se plaçant au point de vue de Vautrin, qui est le point de vue de Balzac. Et à ce point de vue d'ailleurs, il était un lecteur particulièrement choisi et élu pour adopter ce point de vue plus complètement que la plupart des lecteurs. Mais on ne peut s'empêcher de penser que, quelques années plus tard, il devait être Lucien de Rubempré lui-même. Et la fin de Lucien de Rubempré à la Conciergerie, voyant toute sa brillante existence mondaine écroulée sur la preuve qui est faite qu'il vivait dans l'intimité d'un forçat, n'était que l'anticipation — inconnue encore de Wilde, il est vrai — de ce qui devait précisément arriver à Wilde.

chologie si spéciale et qui, sauf par Balzac, n'a jamais été faite par personne, qu'il est assez délicat de les indiquer. Mais tout, depuis la manière dont Vautrin arrête sur la route Lucien qu'il ne connaît pas et dont le physique seul a donc pu l'intéresser, jusqu'à ces gestes involontaires par lesquels il lui prend le bras, etc., ne trahit-il pas le sens très différent et très précis des théories de domination, d'alliance à deux dans la vie, etc., dont le faux chanoine colore aux yeux de Lucien, et peut-être aux siens mêmes, une pensée inavouée. La parenthèse à propos de l'homme qui a la passion de manger du papier n'est-elle pas aussi un trait de caractère admirable de Vautrin et de tous ses pareils, une de leurs théories favorites, le peu qu'ils laissent échapper de leur secret ? Mais le plus beau sans conteste est le merveilleux passage où les deux voyageurs passent devant les ruines du château de Rastignac. J'appelle cela la *Tristesse d'Olympio* de l'Homosexualité : *Il voulut tout revoir, l'étang près de la source.* On sait que Vautrin, à la pension Vauquer, dans *Le Père Goriot*, a formé sur Rastignac, et inutilement, le même dessein de domination qu'il a maintenant sur Lucien de Rubempré. Il a échoué, mais Rastignac n'en a pas moins été fort mêlé à sa vie [...] Plus tard, quand Rastignac sera hostile à Lucien de Rubempré, Vautrin, masqué, lui rappellera certaines choses de la pension Vauquer et le contraindra à protéger Lucien, et même après la mort de Lucien, Rastignac souvent fera appeler Vautrin dans une rue obscure. Citer le passage.

De tels effets ne sont guère possibles que grâce à cette admirable invention de Balzac d'avoir gardé les mêmes personnages dans tous ses romans. Ainsi un rayon détaché du fond de l'œuvre, passant sur toute une vie, peut venir toucher de sa lueur mélancolique et trouble cette gentilhommière de Dordogne et cet arrêt des deux voyageurs, Sainte-Beuve n'a absolument rien compris à ce fait de laisser le nom aux personnages : « Cette prétention l'a finalement conduit... » (*Portraits contemporains*, p. 337 note.)

Enfin, autre élection posthume compensatoire de la part d'un philosophe-professeur légendaire, celle d'Alain, entré dans *Illusions perdues* « en suivant l'ombre de Lousteau ». Les leçons de journalisme auxquelles est exposé Lucien sont pour lui l'occasion de méditer sur la sophistique, mais aussi de comprendre que le vrai en soi n'existe pas. Conséquence balzacienne : le véritable écrivain n'existe que par un parti pris. Terrible leçon pour le faible Lucien...

Alain. *Avec Balzac*, Gallimard, coll. « NRF », 2 éd., 1937, p. 50-54.

En suivant l'ombre de Lousteau je retrouve Lucien de Rubempré, et le long récit dont il est le héros (*Illusions Perdues, Splendeurs et Misères.*) Je suis pris au commencement, par les malicieux ou charmants tableaux d'Angoulême, où les malheurs d'ambition sont adoucis par une bonhomie et naïveté des mœurs ; ainsi je poursuis la lecture une fois de plus jusqu'au cadavre de Lucien, pendu comme on pend des habits. [...] Ce qui me serre le cœur, c'est la première catastrophe de Lucien, qui n'est que le désastre d'un homme de talent. Ici tout homme qui tient une plume se sent fouetté. Car Lousteau passe encore, parce qu'il n'est qu'un faiseur. Au lieu que Lucien est un bon poète. Les sonnets des *Marguerites*, ceux du moins que Balzac nous transcrit, sont de bons sonnets ; non pas excellents ; et j'ai l'impression que si Balzac les avait voulu excellents, il les aurait cités tels, et j'ose même dire inventés tels, ou demandés aux ouvriers de la chose, comme on sait qu'il a fait pour quelques-uns. Je remarque ici un genre de mépris en quelque sorte professionnel. Les vers sublimes se font donc à volonté ? Cette terrible idée ne vient jamais au poète médiocre ; elle accompagne au contraire, à ce que je crois, tous les travaux du vrai poète ; il faut de l'héroïsme pour gravir encore un degré de plus. Et de toute façon la fleur du talent est massacrée, méprisée, moquée en ce roman. Faut-il avoir subi ce décapage par l'acide ? Oui sans doute. Or il faut voir comme ils s'y mettent tous, à imiter le beau et le très beau, à imiter le fort et le très fort. Tantôt c'est Lousteau qui fait voir au naïf Lucien comment on démolit ce qu'on admire ; tantôt c'est Blondet, le plus étonnant de tous, qui construit n'importe quelle thèse ou antithèse, et qui y met un peu de génie, toujours sans se croire. Et le grand d'Arthez n'est pas moins sophiste dans le fond, puisqu'il s'amuse à orner le roman de Lucien, toujours sans se croire, et qu'il va, aux plus sombres jours, jusqu'à travailler à se démolir lui-même, ce que Lucien avait misérablement essayé. Ces coups de fouet sifflent à toutes les oreilles. Car il est vrai que la rhétorique est reine des pensées ; et il est vrai que les exercices de souplesse consument un monde de créations qui font déjà le désespoir des médiocres. [...] J'ai lu, je ne sais où, que ces pages fameuses de Balzac étaient la satire des journaux et du journalisme, et encore vraie aujourd'hui. Soit. Mais j'y verrais quelque chose de plus, et comme le féroce baptême de tout écrivain. Car ce n'est pas par la faute des journalistes que le pour et le contre se peuvent toujours soutenir ; j'y vois plutôt une sévère loi de nos pensées, à laquelle il faut que l'on soit initié d'une manière ou d'une autre. La sophistique est redoutable, non point la fausse, mais la vraie ; et il faut passer par là. Qu'y a-t-il au-delà ? Peut-être une liberté supérieure, et un parti à prendre. Balzac l'a dit, mais je n'ai point retrouvé où il l'a dit, que l'écrivain et l'artiste n'existent que par un parti pris. L'idée d'un vrai en soi et par soi est peut-être la mort de l'esprit.

V. LA CRITIQUE D'AUJOURD'HUI

A. SUR LA PREMIÈRE PARTIE D'*ILLUSIONS PERDUES*

Quand on compare l'évocation faite d'Angoulême dans *Illusions perdues* aux autres peintures de la province balzacienne, on s'aperçoit que *ce roman de formation au masculin* est peut-être « le moins typique des romans provinciaux de *La Comédie humaine* ».

Nicole Mozet, *La Ville de province dans l'œuvre de Balzac*, CDU-SEDES, 1982, p. 184 193.

Une des caractéristiques d'*Illusions perdues*, qui explique en partie son succès, est d'être à la fois un roman provincial et un roman d'initiation. Le héros est un jeune homme — le roman d'initiation ne se concevant guère au féminin, si ce n'est dans la *Lamiel* de Stendhal ou l'œuvre de G. Sand —, et c'est en province que s'effectue une partie importante du parcours initiatique. La ville d'Angoulême, à peine décrite, à peine nommée, y gagne un relief et un prestige extraordinaires. Car le thème n'avait été traité jusque-là par Balzac que dans un cadre tourangeau, avec *Le Lys dans la vallée*, ou, plus traditionnellement, en domaine parisien. Greffé sur le roman familial du jeune homme et ses premières expériences, *Illusions perdues* conserve une dimension archaïque, directement liée à la formation du moi masculin, qui le met à part des autres romans provinciaux, beaucoup plus féminisés, et généralement construits sur l'attente et l'enracinement. Roman de la conquête, comme *Le Père Goriot*, *Illusions perdues* est peut-être le moins « typique » des romans provinciaux de *La Comédie humaine*, je veux dire celui qui fait le moins de place aux provinciaux « normaux », ceux qui ne sont pas « poètes », comme Lucien et David.

Même Mme de Bargeton, qui nous est donnée au début du roman, en dépit de ses originalités, comme caractéristique de la « femme de province », réapparaît au dénouement métamorphosée par son passage dans les salons parisiens de Mme d'Espard. D'être traitée comme Paris, romanesquement parlant, la province ne pouvait être que flattée, après avoir été présentée essentiellement comme la patrie des vieux prêtres, des nobles nostalgiques et des vieilles filles. [...]

Lucien n'est pas le seul héros d'*Illusions perdues*, et il ne faut pas minimiser la part de David Séchard, même dans la première partie, quand l'analyse génétique de S. J.-Bérard montre que le souci de Balzac a été de lui réserver une part égale à celle de Lucien de Rubempré. Il convient d'ajouter à l'image d'Angoulême qui précède, trop exclusivement centrée sur Lucien et Mme de Bargeton, une autre ville, celle de David, qui n'a que peu de rapport avec la première. Car deux lieux antagonistes coexistent dans le haut-Angoulême, non seulement l'hôtel de Bargeton, mais l'imprimerie Séchard, sur laquelle s'ouvre le roman. Celle-ci est aussi longuement décrite que l'autre l'est peu. Paradoxalement, c'est le vieil atelier, qui, grâce aux presses en bois du père Séchard, est marqué d'un certain nombre de signes archéologiques qui font totalement défaut à l'hôtel aristocratique. [...]

[...] Par ce biais, pour la première fois dans un cadre non tourangeau, le texte provincial se greffe sur la réflexion balzacienne concernant la culture et la pensée. La question posée n'est plus seulement : comment vit-on en province ? Mais aussi : comment lit-on ? [...] *Illusions perdues*, dans la totalité de ses trois parties, est le grand roman de l'information *écrite*, depuis le journal d'annonces du département jusqu'aux petits journaux parisiens, depuis les vers provinciaux de Lucien jusqu'au grand roman de d'Arthez. Comme toujours, Balzac choisit l'angle de vue le plus large, et la province lui sert à agrandir la distance culturelle.

C'est aux singulières performances sémiologiques de ce grotesque quasi aphasique qu'est M. de Bargeton que Florence Terrasse-Riou consacre quelques pages, jetant ainsi un jour sur les expériences-limites de la communication balzacienne.

DES MUETS HEUREUX ?
MONSIEUR DE BARGETON

Florence Terrasse-Riou, *Balzac et le roman de la communication*, SEDES, 2000, p. 127-131.

Cas extrême de *refus de communication* : le personnage de M. de Bargeton dans *Illusions perdues*. Sa description est un morceau comique d'anthologie, particulièrement réussi. Toute la dimension humoristique du personnage réside dans son inaptitude totale à l'échange, qui le conduit à se cantonner dans l'émission de phrases stéréotypées inintéressantes et non pertinentes. Imbécile heureux, il se raccroche à quelques lieux communs inadaptés à la situation d'échange. Tout le problème de M. de Bargeton, c'est de réussir à ne rien dire. [...]

Certes, ce mari muet est dessiné pour faire contrepoids à un homme de la parole, grand manipulateur de mots, grand arrangeur de phrases : un poète, Lucien de Rubempré. Le contraste est extrême. Reste que Balzac se plaît à travailler sur cette communication du rien, sur les limites du dire, et trouve une façon d'ironiser sur les silences significatifs, sur les expressions lourdes de sous-entendu. En effet les silences de M. de Bargeton sont pleins d'eux-mêmes, c'est-à-dire pleins de vide... Il n'y a rien à y chercher, rien à y trouver. On n'a pas à interpréter, pas à chercher plus loin : on ne trouverait rien. Du nul, du vide, du creux, de l'imbécillité. C'est le sous-entendu tourné en dérision. C'est l'herméneutique déçue, même pour ceux qui se complairaient à supposer des sous-entendus graveleux. [...]

[...] Personnage creux, vide, nul, il est néanmoins représenté comme devant remplir, face aux deux prétendants de sa femme, le rôle du mari, dans une scène de véritable quiproquo : l'amant prête en effet au mari des sentiments qu'il est incapable d'avoir, lui suppose des sentiments qui lui sont étrangers. Lucien installe ainsi M. de Bargeton dans son rôle de mari méfiant, ce qui constitue une méprise totale. Il lui impute des soupçons qui excèdent sa compétence. Une fois encore, face à l'heureux muet, l'ironie joue sur l'interprétation de sous-entendus qui n'existent peut-être même pas : « Au lieu de le prendre pour une borne de granit, Lucien fit de ce gentilhomme un sphinx redoutable... » Lieu supposé d'une énigme, le personnage n'est en réalité détenteur d'aucune épaisseur. S'engage alors un dialogue comique dans ses déséquilibres et disproportions, Lucien croyant déceler sous chaque lieu commun le plus anodin les pires menaces.

[...]

La distorsion est complète entre la nullité du propos et le contenu que lui prête Lucien, qui fait également preuve de son côté de la plus grande inaptitude sémiologique, puisqu'il prend pour un trait satirique et mordant une remarque qui ne relève que du comble de la platitude. [...]

B. SUR LA DEUXIÈME PARTIE D'*ILLUSIONS PERDUES*

Roman parisien malgré son inclusion dans les *Scènes de la vie de province, Un grand homme de province à Paris* invite Jeannine Guichardet, grande spécialiste de l'archéologie balzacienne, à des promenades gourmandes dans le Paris d'*Illusions perdues.*

Jeannine Guichardet, « *Illusions perdues* : quelques itinéraires en pays parisien », *Balzac : « Illusions perdues » [...]*, Groningen, CRIN, 1988, p. 89-90.

Entre la rue de l'Échelle (dont il ne gravira pas les échelons) et la rue de la Lune (qu'il n'aura pas décrochée) s'inscrivent les chemins jalonnés d'illusions perdues, de Lucien en pays parisien.

En dépit de ses efforts, le chardon d'Angoulême ne se métamorphose pas en fleur de serre parisienne.

Dès sa première « promenade vagabonde à travers les Boulevards et la rue de Paix [...] cet homme d'imagination éprouva comme une immense diminution de lui-même ». Sort commun à toutes « les personnes qui jouissent en province d'une considération quelconque », mais d'autant plus inacceptable qu'on est un jeune poète qui a rêvé longtemps Paris : « Centre où brillent les grands esprits, où l'air est chargé de pensées, où tout se renouvelle ». Hélas ! dès « les prémices de Paris », à l'hôtel du Gaillard-Bois, Lucien subit ce pouvoir maléfique que détient Paris de rapetisser les êtres et les choses, de les faire voir par le bout dégrossissant de la lorgnette. Rue de l'Échelle, déjà l'échelle des valeurs change. Là « Lucien ne reconnut pas sa Louise ». Elle n'a « plus ni le même aspect ni la même valeur ». C'est que « Paris n'est pas beau dans ces petites choses auxquelles sont condamnés les gens à fortune médiocre ».

Il y a donc deux visages de Paris ? Oui, car il y a deux espaces parisiens antithétiques.

Celui des *espaces clos* où l'on travaille, où l'on médite et forge péniblement l'avenir ; « bocal aux grands hommes » rue des Quatre-Vents où souffle l'esprit, bibliothèques et cabinets de lecture : c'est celui de la Montagne Sainte-Geneviève où plane la grande ombre tutélaire de J.-J. Rousseau. Ici, comme naguère Raphaël de Valentin, Lucien pourrait, dans son modeste hôtel, vivre sous le signe de Jean-Jacques auquel Balzac souventes fois le compare — « lui, le pauvre enfant de qui la destinée ressemblait un peu à celle de J.-J. Rousseau » pourrait persévérer dans « ce dénûment du génie [qui] frapp[e] le bonhomme Doguereau » lors de sa visite rue de Cluny : « Voilà, Monsieur comment vivait Jean-Jacques, avec qui vous aurez plus d'un rapport. »

Hélas ! à cet *ubac* frugal de la colline inspirée s'oppose l'*adret* mondain d'un Paris dont les lumières factices éblouissent les yeux du trop charmant néophyte. *Espace ouvert* à toutes les tentations, Paris des théâtres où l'on se mire dans les yeux de jolies actrices complaisantes, Paris des restaurants de luxe, Paris des modes passagères en des éternelles vanités. Là, aux « grandeurs naturelles » du Cénacle au grand cœur s'opposent les « grandeurs d'établissement » des marquises et des duchesses « au cœur de stuc ». Paris des belles paroles opposées au studieux silence. Ce n'est plus l'espace de l'*Être* mais de l'*Avoir*. Entre les deux il faudrait choisir, mais le faible Lucien en est incapable et ses itinéraires, ses allées et venues témoignent de ses perpétuelles oscillations entre deux pôles contradictoires.

Poète ou dandy ? Annie Jourdan a mis à juste titre l'accent sur les fantasmes et les déboires du dandy qui, en Lucien de Rubempré, l'emportent souvent sur ceux du poète.

Annie Jourdan, « Le triomphe de Lucien de Rubempré : faux poète, vrai dandy », *Balzac : « Illusions perdues »* [...], Groningen, CRIN, 1988, p. 67-76. Droits réservés.

Parti d'Angoulême pour devenir poète à Paris, Lucien, à peine arrivé dans la capitale, découvre parallèlement aux jeunes élégants, sa volonté nouvelle d'exercer « l'état de joli garçon » (p. 184). Cette prise de conscience reléguant la poésie et la littérature à l'arrière-plan est significative des véritables intérêts et de la véritable nature de Lucien. À lire de plus près le début du roman, on s'aperçoit qu'en fait, la littérature n'est pour lui qu'un moyen pour acquérir la gloire, un marchepied vers « les succès dans le monde ». [...]

La promptitude avec laquelle Lucien s'approprie les codes de l'élégance trahit les talents réels du poète, plus préoccupé d'imiter que de créer, plus préoccupé par sa vanité que par la politique sociale ou l'art, recherchant « la satisfaction immédiate du désir » et s'opposant ainsi aux membres du Cénacle qui, eux, refusent « la jouissance instantanée en prévision de l'avenir ». [...]

[...] Lucien, de par son tempérament narcissique, est en fait « une jolie femme de la pire espèce » comme le remarque sa sœur, prêt(e) à tout pour échapper à la misère et pour accéder au rang qu'il pense lui convenir. Aussi pour un flot d'or, fleur jaune qui l'éblouit, il se donne à Herrera. De l'état de joli garçon il passe à celui de jolie femme, et qu'importe le sujet de ses amours s'il devient lui-même l'objet de ses plaisirs. Lentement se dessine le portrait définitif de Lucien, homme de poésie, poète par sa personne. Sa dernière mise en scène donne les traits qui manquaient encore au portrait : harmonie entre l'expression mélancolique et le bouquet jaune de *sedum*, alliés à la mise élégante dans le cadre champêtre (synthèse des deux sortes de fleurs du poète). [...] Le dandy cultive le beau dans sa personne comme le poète le cultive dans ses œuvres ; de plus, Lucien, tout comme les femmes, met de la poésie dans sa toilette ; il vit sa vie comme un poème, sur le mode de l'imaginaire. [...] Lucien-Narcisse, resté au stade du miroir, se mire dans les yeux des autres qui lui servent de surface réfléchissante. Leur admiration et son succès lui donnent un aliment pour paraître et par conséquent pour être. Délaissé et non réfléchi, Narcisse devient suicidaire.

C. SUR LA TROISIÈME PARTIE D'*ILLUSIONS PERDUES*

L'apparition fulgurante de Carlos Herrera, qui *in extremis* rattache *Les Souffrances de l'inventeur* au cycle Vautrin

et embraye sur *Splendeurs et misères des courtisanes*, est un des fleurons incontestés du livre. Il fait paraître presque terne le reste de cette partie haletante. À la suite de Proust, la critique a pris acte de cette dissymétrie. Elle fait porter de préférence son rayon sur cet épisode, mettant en relief les liens qui s'y nouent d'avance avec l'univers proustien.

Rastignac a refusé l'amitié d'homme à homme que lui proposait Vautrin et dont cependant il était capable. Lucien l'a acceptée mais n'a pas été à sa hauteur, comme il le reconnaît dans sa lettre testamentaire à Vautrin : « Vous avez voulu faire [de moi] un personnage plus grand que je ne pouvais l'être. » Trop intense pour Lucien, le rayon issu de Vautrin a touché Rastignac malgré lui. Déjà, à la pension Vauquer, lorsque, sous l'impulsion de Vautrin, Rastignac avait fait la cour à Victorine qu'il n'aimait pas, il resplendissait, écrit Balzac, « de tous les feux de l'Enfer qu'il avait au cœur ». Au Père-Lachaise, le « À nous deux maintenant » qui l'a immortalisé n'est-il pas la reprise du « À nous deux » que prononce Vautrin dans l'un des discours qu'il lui tient ? Et la phrase de Vautrin : « Il n'y a pas de principes, il n'y a que des événements ; il n'y a pas de lois, il n'y a que des circonstances », n'en trouvons-nous pas la trace à deux reprises chez Rastignac lorsqu'il déclare dans *La Maison Nucingen* : « Il n'y a pas de vertu absolue, mais des circonstances » et lorsque Balzac dit de lui qu'« il ne croyait à aucune vertu, mais à des circonstances où l'homme est vertueux » ? Il n'est pas jusqu'à la phrase : « Votre frère est un aiglon que les premiers rayons du luxe et de la gloire ont aveuglé », que prononce Rastignac devant la sœur de Lucien, qui ne répète le « petit aiglon » décoché par Vautrin à Rastignac. Le « toucher du rayon » a brûlé le faible et consentant Lucien. Mais ce même rayon a imprimé sur le fort, l'irréductible Rastignac,

Lucette Finas, *Le Toucher du rayon. Proust, Vautrin, Antinoüs*, Nizet, coll. « Trait d'union », 1995, p. 84-85.

à son insu, les stigmates qui le désignaient pour les « Saturnales du pouvoir ».

Philippe Berthier, « Marcel et Charlus Herrera », in *Balzac : « Illusions perdues », « l'œuvre capitale dans l'œuvre »*, Groningen, CRIN, 1988, p. 94-95.

Chez Balzac comme chez Proust, un aîné intensément constitué en force et en savoir s'adresse à quelqu'un de beaucoup plus jeune, qui n'a, lui, ni l'un ni l'autre, pour lui proposer d'en acquérir en se laissant guider ; situation de base qui n'existe que par un déséquilibre, dont la suppression éventuelle (souhaitée tant par Carlos que par Charlus) doit commencer pédagogiquement par l'affirmation de son caractère catastrophique : il faut prouver abondamment à Lucien que, malgré ses prétentions, il n'entend rien à la véritable nature des événements, et cruellement souligner ses lacunes (« Vous êtes bien encore l'enfant que révèle le récit de votre existence... » ; « vous voyez bien que vous ne connaissez pas votre histoire de France » p. 625-626), constater l'absence d'étoffe de cet « écolier » (« Vous avez été ce que les Anglais appellent *inconsistent* » p. 628), de même que Charlus insiste sur l'impression de médiocrité, que lui a laissée Marcel lors de leur rencontre à Balbec, sur son « inconsidération », et creuse ainsi entre eux l'incommensurable distance du rang, de l'âge et de l'esprit pour mieux se donner les gants de daigner ensuite consentir à la combler. Inexplicablement, par un pur élan d'oblation, un être qui est tout va élire un être qui n'est rien pour le hausser jusqu'à lui.

L'opération a quelque chose de tellement improbable (pourquoi un *deus ex machina* surgit-il *in extremis* pour propulser dans les hauteurs sociales un raté qui allait s'anéantir ? pourquoi un illustrissime du noble Faubourg fait-il brusquement à un inconnu maladroit des ouvertures si flatteuses, susceptibles de l'aider à se lancer dans une brillante carrière ?) qu'elle tient véritablement de la magie, ou du conte de fées : Lucien se sent comme le pêcheur de la fable arabe « qui, voulant se noyer en plein Océan, tombe au milieu de contrées sous-marines et y devient roi » (p. 624), tandis que le baron veut faire figure de « génie bienfaisant », détenteur d'un « Sésame » quasi surnaturel, auprès de celui qui semblait voué à végéter dans son ornière et verra d'un seul coup sa vie transfigurée par le don de ses bontés. Offre à vrai dire miraculeuse, d'emblée au-delà du vraisemblable, et qui, émanant de ces régions pleines de mystère où la Providence concocte ses desseins, se manifeste immédiatement par les mêmes gestes menus, mais riches de promesses et de bienveillance déjà active : bras impérieusement saisi, menton caressé — Charlus en reste là pour le moment, tandis que Carlos, dans un crescendo de l'attouchement savamment dosé, est passé de l'oreille tortillée à la taille enlacée, pour finir par le tendre baiser sur le front, grâce auxquels le corps du partenaire se voit comme enveloppé d'un réseau d'attention et de désir où se lisent les signes de la prise de possession anticipée, tandis que le logos, cherchant à dénier apparemment l'investissement et l'impatience physiques, brûle les cartouches d'une rhétorique abondante et retorse pour donner à ces marques d'intérêt une innocence transcendée par l'éblouissante, et palpitante, spiritualité de l'enjeu.

D. SUR LE HÉROS

Tandis que Pierre Barberis est tenté d'excuser les faiblesses de Lucien en raison des lois de la société auxquelles obéit obscurément ce « bâtard social », Marthe Robert voit dans son refus du *nom-du-père* la violence suprême qui l'expose à un destin tragique.

Pierre Barberis, *Le Monde de Balzac*, Arthaud, 1973, p. 380-383.

Avant même qu'il entre dans la vie, Lucien porte en lui toutes les puissances possibles de séparation. D'abord, Lucien est un bâtard social. Son père était chirurgien des armées de la République. Sa mère était née de Rubempré. Elle avait épousé par amour et reconnaissance l'homme qui l'avait sauvée en 93. Demeurée veuve et tombée dans la misère, elle garde les femmes en couches et habite à Angoulême le faubourg populaire de l'Houmeau. Cette fois papa n'est pas baron. Il faudra lutter, vaincre des mépris : « L'habitant de l'Houmeau ressemblait assez à un paria » (p. 58). Lucien aura donc de son père l'ambition plébéienne. Mais il exploitera la noblesse maternelle à laquelle il croit avoir droit, et qui donnera un style naturel à son élégance et à ses prétentions.

[...] Dès le départ, comme Julien Sorel dans la scierie paternelle, il ne se juge pas à sa place. Il voit loin. Mais il est pur. Il est persuadé de pouvoir réussir, lui aussi, par de « nobles moyens ». Il jure de ne pas retourner chez Mme de Bargeton si David n'est pas invité. Mais sitôt qu'il bute sur l'obstacle, il hésite. [...] Lucien n'est pas une chiffe comme on le dit souvent. Seulement, il manque d'armature, il manque d'une pensée ou de quoi que ce soit qui oriente son vouloir vivre vers autre chose que des périls sociaux qui ne sont que les siens amplifiés. Julien Sorel avait plus de chance avec son grognard et son *Mémorial de Sainte-Hélène.*

Marthe Robert, *Roman des origines et origines du roman*, Grasset, 1972, coll. « Tel », 1976, p. 271-272.

Le plus malheureux de tous les jeunes loups ayant un rang élevé dans *La Comédie humaine* est certainement Lucien de Rubempré qui, lui, devra payer par la prison et le suicide la faute majeure d'avoir renié son nom (au grand chagrin d'Oscar Wilde, conscient sans doute de ses affinités profondes avec cette figure aussi trouble que charmante). Quand tant d'autres aventuriers balzaciens réussissent, Lucien en effet est perdu d'avance, non point tellement à cause de ses erreurs et de sa liaison ignominieuse avec Vautrin — liaison équivoque ou plutôt, assez claire, vu l'homosexualité dont l'ancien forçat fait parade — que parce qu'il médite dès le début de renier son père, le major Chardon, dont la roture l'emplit de honte et d'humiliation. Cette volonté de reniement, qui fait autour de lui de terribles ravages, est à elle seule l'aveu de ses désirs parricides, c'est pourquoi, ne pouvant accepter ni la mésalliance de sa mère, ni changer de nom sans éprouver de remords, il se donne volontairement la mort au moment même où le tribunal humain se prépare à le relâcher.

Pour Balzac, la tentation de Lucien se confond avec celle de toute adolescence : « Il aimait et voulait s'élever, double désir bien naturel chez les jeunes gens qui ont un cœur à satisfaire et l'indigence à combattre. » [...] Dans cette course impitoyable dont la société elle-même donne l'exemple, Lucien a pour guide le plus grand héros contemporain, l'empereur parti de rien, le prophète moderne du « tout est possible » dont Balzac, en dépit de ses convictions monarchistes, ne fera au fond jamais son deuil. [...] Le beau jeune homme à qui ni homme ni femme ne résiste n'a pourtant pas l'étoffe du Bâtard napoléonien, il pressent trop bien le sens de son reniement et se reproche par trop ses calculs ; tenté, mais trop poète sans doute pour demeurer dans la cynique inconscience d'un Rastignac ou d'un de Marsay, il n'aura pas la force de porter jusqu'au bout le poids de sa culpabilité, et cette faiblesse interdite au héros sera la cause directe de sa perte.

Selon Roland Chollet, Lucien est tout entier expliqué par son cri symbolique : « Par qui serai-je aimé ? »

Roland Chollet, Préface à l'édition d'*Illusions perdues* dans la « Bibliothèque de la Pléiade », t. V, p. 84-86.

Ce n'est pas le moindre prodige de ce chef-d'œuvre foisonnant, sans intrigue unificatrice que la constante netteté de la trajectoire suivie par Lucien, en dépit du flou de ce caractère tout en esquives et en ambiguïtés.

Peu accessible à l'analyse, l'identité profonde de cet être fuyant est pourtant vivement ressentie à la lecture. Autre sujet d'étonnement. L'unité du personnage, et son unicité, ne tiennent donc pas à la seule construction psychologique. De même qu'il nous apparaît en ombre et en lumière, le personnage se définit, en fonction de quelques points de repère dans un jeu de corrélations, d'interactions textuelles aussi complexe, aussi raffiné que chez un Thomas Mann par exemple. Ainsi la réussite de Rastignac *situe* l'échec de Lucien. Balzac ne perd jamais de vue, du moins en ce qui concerne Lucien — la plus fragile des deux figures —, cette définition réciproque ; outre les ressemblances et les dissemblances de caractères et de carrière — sujet idéal d'une étude littéraire que nous n'entreprendrons pas — il existe à tous les niveaux du texte des correspondances privilégiées, des effets signifiants qui permettent de cerner l'identité du personnage. À la célèbre apostrophe de Rastignac à Paris du haut du Père-Lachaise, correspond, dans une scène crépusculaire calquée pas à pas sur cette page du *Père Goriot*, le déchirant : « Par qui seraisje aimé ? » de Lucien qui est toute une destinée, l'inversion, le changement de signe, dans une *formule* littéraire exceptionnellement réductrice, de l'ambition de Rastignac. [...]

En deçà des mensonges du *caractère*, nous n'approchons jamais mieux le vrai Lucien que dans ses rapports avec Coralie (et peut-être nous rapprochons-nous aussi du Balzac frustré qui a conçu Félix de Vandenesse). Chaque scène d'amour le représente marqué de la même passivité infantile et pitoyable que son cri au Père-Lachaise. C'est la main abandonnée que Coralie porte passionnément à ses lèvres dans l'obscurité d'un fiacre. C'est le journaliste saoul comme une grive et qui vomit, et que Coralie nettoie, déshabille, couche comme un enfant et contemple dans son sommeil. La description de Lucien amoureux est toujours escamotée. Nous ne lui connaissons que les sommeils d'Endymion.

E. LA QUESTION DU RÉALISME

C'est en se situant dans le cadre d'une philosophie de l'histoire marxiste que le grand philosophe hongrois Georg Lukács voit dans *Illusions perdues* une sorte de « nouveau roman ». Inspirées par les nouvelles conditions du capitalisme sous la monarchie de Juillet, *Illusions perdues* seraient ainsi un « roman de la désillusion ».

Lukács

Georg Lukács, « *Illusions perdues* », dans *Balzac et le réalisme français*, Maspero, 1967, p. 48-68. Droits réservés.

Avec cette œuvre, achevée à l'apogée de sa maturité d'écrivain (1843), Balzac crée un nouveau type de roman qui devient d'une importance capitale pour toute l'évolution du XIXe siècle : le type d'un roman de la désillusion, le type d'un roman dans lequel on montre comment les idées fausses, mais apparues par nécessité, des personnages sur le monde, se brisent nécessairement au contact de la force brutale de la vie capitaliste. Naturellement, la destruction des illusions n'apparaît pas avec Balzac pour la première fois dans le roman moderne. Le premier grand roman, *Don Quichotte*, est bien lui aussi une histoire des « *illusions perdues* ». [...]

Balzac n'est nullement le seul qui s'occupe de ce thème à cette époque. *Le Rouge et le Noir* de Stendhal et les *Confessions d'un enfant du siècle* de Musset, etc., l'ont précédé. Le thème était dans l'air ; non pas à la suite de quelque mode littéraire, mais à la suite de l'évolution sociale de la France, le pays modèle pour la croissance politique de la bourgeoisie. La grande, l'héroïque période de la Révolution française et de Napoléon avait éveillé, ranimé et mobilisé toutes les énergies en sommeil de la classe bourgeoise. La période héroïque donnait à la meilleure partie de la classe bourgeoise la possibilité de faire passer directement dans la vie les idéaux héroïques, de vivre et de mourir héroïquement en conformité avec ces idéaux. Avec la chute de Napoléon, avec la Restauration et aussi avec la révolution de Juillet, s'achève la période héroïque, les idéaux deviennent des ornements et des décorations superflus de la vie réelle. [...]

Malgré tous ces points communs, les *Illusions perdues* s'élèvent cependant à une hauteur solitaire au sein de la production littéraire de la France d'alors, car Balzac ne s'en tient pas à la compréhension et à la représentation des situations sociales tragiques ou tragi-comiques esquissées ici. Il voit que la fin de la période héroïque de l'évolution bourgeoise en France signifie en même temps le début du grand essor du capitalisme français. [...] Dans ce processus, les *Illusions perdues* sont l'épopée tragico-comique de la capitalisation de l'esprit. La transformation en marchandise de la littérature (et avec elle de toute idéologie) est le thème de ce roman, et la mise en pratique très large de cette capitalisation de l'esprit intègre la tragédie générale de la génération directement postérieure à Napoléon à un cadre social plus profondément compris que ne pouvait le faire le plus grand contemporain de Balzac, à savoir Stendhal.

Balzac représente ce processus de la transformation en marchandise de la littérature dans toute son ampleur, dans sa totalité : depuis la production du papier jusqu'aux convictions, pensées et sentiments des écrivains, tout devient marchandise. Et Balzac ne se contente pas d'une constatation générale des conséquences idéologiques de cette domination du capitalisme, mais révèle dans tous les domaines (journaux, théâtres, maisons d'édition) le processus concret de la capitalisation dans toutes ses étapes et ses déterminations.

[...] Balzac décrit l'accumulation primitive du capitalisme en matière d'esprit humain, et ses successeurs, même les plus grands comme Flaubert par exemple, sont déjà confrontés au fait accompli de la subordination de toutes les valeurs humaines à la marque de fabrique capitaliste. Chez Balzac nous voyons donc la tragédie animée de la naissance, chez ses successeurs la réalité morte de l'accomplissement, la lamentation lyrique et ironique sur cet accomplissement.

F. LA MARQUE DE L'AUTEUR

Les travaux de Françoise Van Rossum-Guyon sur le métadiscours balzacien sont du trop petit nombre de ceux qui s'intéressent aux aspects formels du récit dans *Illusions perdues.*

Roman de la production littéraire aussi bien que de sa réception, *Illusions perdues* peut [...] être considéré comme un immense énoncé métalittéraire : réservoir de situations, figures, discours, informations sur la littérature et ses conditions d'existence. Mais ce roman est surtout, et en tant que roman, producteur d'un nouveau savoir sur la littérature. Ce sont, en effet, les transformations que la progression narrative fait subir aux figures et aux situations, qui permettent de situer *Illusions perdues* comme roman moderne et chef-d'œuvre du genre dans l'ensemble des productions dont il est question dans la fiction.

Française Van Rossum-Guyon, « La marque de l'auteur. L'exemple balzacien d'*Illusions perdues* », *Degrés. Revue de synthèse à orientation sémiologique*, Bruxelles, 1987, p. 2-4.

Paradigme, à tous ces égards, du roman sur la littérature, *Illusions perdues* n'est pourtant pas ce qu'on peut appeler un « self reflexive novel ». D'une part le roman ne fait pas, à proprement parler, le récit de sa propre genèse comme c'est le cas, par exemple, avec la *Recherche du temps perdu* ou *Les Faux Monnayeurs*, il ne peut pas d'autre part être considéré comme un ancêtre de ces « nouveaux romans » dans lesquels, comme l'a montré Jean Ricardou, la fiction est au service de la narration et non l'inverse. Il n'est pas non plus construit sur le modèle des romans ironiques et ludiques d'un Fielding, d'un Sterne ou d'un Diderot (cela en dépit de la grande admiration que Balzac portait à ces écrivains), romans dans lesquels le narrateur intervient sans cesse, pour mettre en évidence les mécanismes de leur construction et le caractère artificiel de leur composition. Au contraire, tout est mis en œuvre ici pour favoriser l'illusion de réalité et « faire croire » à ce qui est représenté et raconté. On sait d'ailleurs l'importance que Balzac, comme romancier, accordait à cette illusion et aux techniques susceptibles de la provoquer, et le refus principiel qu'il oppose à tout ce qui tendrait à la détruire : intrusions d'auteur, notes en bas de page, etc. *Illusions perdues*, comme « étude de mœurs », est entièrement soumis aux impératifs de cette esthétique réaliste que Balzac a puissamment contribué à élaborer. Il en résulte, en particulier, que tout semble être fait pour éviter de rappeler au lecteur la réalité d'un auteur responsable de cet artefact qu'est le texte romanesque.

Exit l'auteur donc, au profit d'un ou plusieurs narrateurs, d'acteurs (ou de personnages) et de la construction romanesque dans son ensemble, telle est la doctrine du roman réaliste, qui fait de l'auteur, si impliqué soit-il dans son œuvre, un être insaisissable. Néanmoins, la présence de l'auteur, en tant que producteur du texte, n'est pas du même ordre que celle de Dieu dans sa création. De bien des manières, l'œuvre porte la marque de son fabricant et de ses conditions concrètes d'énonciation.

Quant au point de vue narratif et à la distance de l'auteur à ses personnages, on se plaît à relever chez des critiques aussi avertis que Pierre Barberis et Suzanne Jean-

Bérard des avis contraires (mais peut-être pas tout à fait inconciliables).

Pierre Barberis, *Le Monde de Balzac*, Arthaud, 1973, p. 381.

Alors qu'on a les réflexions de Derville et de Vautrin, de Rastignac et de Bianchon, Lucien, dont la tête est moins forte et que mènent surtout son cœur et ses instincts, témoigne surtout par ce qu'il fait, par ce qu'il est, par ce qu'il devient. On n'a pas de monologue de Lucien. C'est un héros objectif. Il y a dans son amoralité sans trouble et vue du dehors quelque chose de très moderne, et cette technique romanesque du héros isolé, cette présentation de l'« étranger », traduit déjà à la perfection le désamarrage de l'homme.

Suzanne Jean-Bérard, *La Genèse d'un roman de Balzac : Illusions perdues, 1837*, Armand Colin, 1961, t. II, p. 312-313.

Bien entendu, le meilleur modèle du romancier, c'est encore lui-même ; et Balzac n'a pas manqué d'utiliser cette ressource-là. Il est David ; il est aussi Lucien : à l'un il prête ses vertus et les traits de sa personne physique ; l'autre a ses défauts et se présente comme la réalisation de tout ce que Balzac aurait désiré être et ne sera pas. [...]

Le plus curieux est qu'en se livrant ainsi au monde sous des aspects divers, Balzac n'hésitait pas à se détacher plus ou moins complètement de lui-même, et à prendre vis-à-vis de ces incarnations partielles de sa propre personnalité, une attitude sévère qu'il était loin d'assumer dans la vie. [...]

La position du romancier est donc fort complexe vis-à-vis de ses héros. Selon l'occasion et le rythme de son récit, il est en eux ; ou il s'en détache. Il lui arrive de s'identifier à eux. Il voit le monde comme ils le voient, souffre avec Lucien Chardon les angoisses de l'artiste et du poète, considère avec ses yeux tout neufs les séductions d'Anaïs de Bargeton. Cette Anaïs elle-même il la prend parfois à son compte, il l'adopte, quand elle souffre, victime d'une sublime inadaptation. Ailleurs, il s'en détache : pour elle, comme pour les autres, il redevient l'auteur, le juge, placé en dehors du roman, projetant sur les actes et les mobiles de ses personnages un regard qui a cessé d'être complice et compréhensif.

C'est avec les armes modernes de la pragmatique linguistique qu'Éric Bordas reprend la question. Jugeant sur pièces, il montre l'ordinaire plasticité de l'énonciation narrative balzacienne, qui sait manier le style indirect libre.

Éric Bordas, *Balzac, discours et détours. Pour une politique de l'énonciation romanesque*, Presses universitaires du Mirail, coll. « Champs du signe », 1997, p. 130-132.

[...] les glissements du discours indirect à l'indirect libre sont fréquents et témoignent d'une volonté de fusion de la voix de *l'autre* dans la locution narrative, d'un effacement des clivages énonciatifs, propre lui aussi au discours indirect libre.

[...]

« Il lui fit observer qu'il ne lui avait jamais demandé compte de la fortune de sa mère [*discourt indirect*]. Si cette fortune ne pouvait entrer en compensation du prix de l'imprimerie, elle devait au moins servir à l'exploitation en commun [*discours indirect libre*] » (*IP*, p. 41).

L'articulation discours/récit gagne en fluidité en évitant les clivages trop artificiels. L'opposition entre un récit au passé simple qui thématise, non le contenu du discours, mais l'acte de parole (« Il dit », « Il lui fit observer »), et le discours mis en place par ce récit, énoncé à l'imparfait, ou au plus-que-parfait, est atténuée. La narration dans son entier se colore d'une discursivité propre à faire entendre la voix du sujet parlant sous le déroulement de la locution narrative. Le rapport reste toutefois hiérarchique. Il peut être plus discret ailleurs, il n'en est pas moins présent, comme dans l'exemple suivant :

« À l'entendre, les hommes de génie n'avaient ni frères ni sœurs, ni pères ni mères ; les grandes œuvres qu'ils devaient édifier leur imposaient un apparent égoïsme, en les obligeant de tout sacrifier à leur grandeur. Si la famille souffrait d'abord des dévorantes exactions perçues par un cerveau gigantesque, plus tard elle recevrait au centuple le prix des sacrifices de tout genre exigés par les premières luttes d'une royauté contrariée, en partageant les fruits de la victoire. Le génie ne relevait que de lui-même ; il était seul juge de ses moyens, car lui seul connaissait la fin : il devait donc se mettre au-dessus des lois, appelé qu'il était à les refaire ; d'ailleurs qui s'empare de son siècle peut tout prendre, tous risquer, car tout est à lui. Elle citait les commencements de la vie de Bernard de Palissy, de Louis XI... » (*IP*, p. 81-82).

L'origine de l'énonciation du texte est précisée dès les premiers mots (« À l'entendre »), puis rappelée à la fin (« Elle citait »). Entre les deux, on reconnaît le ton hyperbolique de Mme de Bargenton (« les dévorantes exactions perçues par un cerveau gigantesque ») et son goût pour les métaphores ennoblissantes (« les premières luttes d'une royauté contrariée »). Mais l'énonciation est suspendue entre discours et récit. C'est ce contexte assignatif autant que le contexte élargi du discours propre à Naïs (son *style* tel que nous le connaissons) qui précise l'identité de cette énonciation.

G. L'IRONIE

L'ironie balzacienne a dans *Illusions perdues* un terrain de choix. La question a attiré les commentateurs. Ainsi de la page inspirée que lui a consacré Taine.

Taine, « Balzac d'après sa correspondance », 3 février-3 mars 1858, recueilli dans les *Nouveaux Essais de critique et d'histoire*, 1865, cité d'après Stéphane Vachon, p. 223-224.

Ses gens d'esprit ont son esprit. Ne cherchez jamais en eux l'ironie mesurée et discrète, arme de la raison et du bon goût, la finesse délicate, la justesse de style, l'aisance tranquille et fière d'un homme bien élevé qui est sûr de sa pensée, de son rang et de ses façons. Ils ont une verve bourbeuse et violente qui jette à flots et qui entrechoque les trivialités et la poésie, l'argot de la banque et les figures de l'ode, sorte d'ivresse malsaine et puissante comme celle que donnerait un vin brûlant et frelaté. Ils parlent en artistes et en gamins, touchant tout et cassant tout, la philosophie et la politique, la vérité et la vertu. [...] calembours, idées profondes, allusions scabreuses, métaphores flamboyantes, caricatures subites et subitement rompues, style de banquier, de prédicateur, de commissaire de police et de peintre ; leur langage ressemble à ces tas d'ordures parisiennes où l'on trouve pêle-mêle tous les débris de l'extrême richesse et de l'extrême misère, des restes de dentelles et des épluchures de choux. Cela fait du terreau puissant, je vous l'accorde, mais accordez-moi qu'il est infect. « Mon effervescence première, dit l'un d'eux, me cachait le mécanisme du monde ; il a fallu le voir, se cogner à tous les rouages [...] me graisser aux huiles, entendre le cliquetis des chaînes et des volants » (p. 258). Un autre lui crie : « Ta plaisanterie est vieillotte ! ta phrase est plus connue qu'un remède secret ! » J'en passe et de plus belles. La source de ce style est la désillusion ; l'expérience les a bronzés et brisés ; ils jugent la vie laide et sale, et ils jettent de la boue avec colère et avec plaisir contre l'essaim brillant des beaux songes qui viennent bourdonner et voltiger au seuil de la jeunesse.

Ainsi encore des remarques apéritives que nous propose Maurice Ménard.

Maurice Ménard, Préface à *Illusions perdues*, Le Livre de poche, 1972, p. 550.

Ce que nous préférons souligner, c'est la qualité de verve et d'invention d'une prose où, dans la plus grande pertinence, tous les mots gardent leur pouvoir d'éclatement et de combinaison. Cela est dû peut-être au grand nombre des dialogues que comporte ce roman. Mais la prose balzacienne parvient à garder elle-même une sorte d'oralité diderotesque. Esprit, pointes, jeux de mots : de toutes les façons les mots jouent.

Discours narratif et dialogues des personnages se renvoient la balle. Le narrateur est le premier à pratiquer l'alliance de mots spirituelle : « Le poète voulut finir poétiquement » (p. 618). Lucien n'est pas en reste : « un endroit qui vous met l'eau à la bouche d'une noyade » (p. 619). Carlos Herrera n'a rien perdu de son invention verbale depuis les couplets du Vautrin de la pension Vauquer : « En Espagne, nous ne croyons pas aux athées... » (p. 620). Le père Séchard lui-même fait de l'esprit : « Mais vous leur avez donné des marguerites, ils vous rendent des bouquets : vous faites dans les fleurs » (p. 580). La palme, dans ce registre, revient aux Parisiens et tout particulièrement à la sphère des « viveurs », aristocrates, artistes, journalistes, gens de plume et de spectacle. Le diagnostic de de Marsay sur Lucien c'est qu'il « se gâtera avant d'être mûr » (p. 406), mot qui se relie directement à l'intrigue centrale de l'ouvrage. Mais les « mots » peuvent être sans relation aucune avec la trame, du moins en apparence, car la tonalité d'ensemble, si joueuse et bondissante, et superficielle, crée à la fois la fascination et la menace, accompagne le tragique sans hiatus, le faisant oublier ou au contraire le faisant surgir en contrepoint. Jeux de mots, calembours, mots de théâtre, proverbes retournés : comme dirait Nathan, tout est passé « au fil de la plaisanterie » (p. 437).

H. TROIS SYNTHÈSES POUR FINIR

Pierre Citron, Préface de l'édition « G.-F. » d'*Illusions perdues*, Flammarion, 1966, p. 29-30.

L'ensemble de l'œuvre est conçu comme une symphonie en trois mouvements, un *allegro* encadré de deux *andante*. Balzac, qui a analysé en détail des opéras dans *Massimilla Doni* et dans *Gambara*, ne protesterait pas contre cette interprétation. Même dans l'*allegro* parisien — le plus vif, le plus touffu, le plus dense, le plus sardonique qui ait été écrit depuis *Le Neveu de Rameau* de Diderot —, le titre même ne laisse pas oublier que le héros est un grand homme de province, et finalement plus provincial que grand homme [...]

Des deux autres mouvements lents se dégagent deux des atmosphères caractéristiques de la province. Le premier est lumineux, empli des espoirs de jeunesse des deux héros, de leurs amours encore pures, de ces illusions que le lecteur, averti par le titre, s'apprête à leur voir perdre. Le *tempo* est lent, les scènes peu nombreuses, contrairement à ce qui se passe dans l'*allegro* médian. Même la satire de la société d'Angoulême a une bonhomie amusée : ces fantoches attardés ne sont pas bien dangereux. Le finale, au contraire, bien qu'également lent, est plus grinçant, plus dissonant. Les deux Cointet, Petit-Claud, Métivier, nœud de serpents qui, de façon feutrée mais implacable, étranglent les découvertes de David Séchard, sont autrement redoutables que les Bargeton ou les Chandour, les Senonches et les Pimentel. Le calme n'est plus celui de la confiance mais celui de l'affût. Le travail, l'amour, l'espoir n'existent que menacés. C'est sur cette tonalité désenchantée que se conclut la symphonie de la province.

La réalité, vécue par le génie se retrouve dans le livre, plus chargée de signification, plus intense et, pour tout dire, plus réelle. La force créatrice du romancier nous la livre, dégagée de sa confusion, de son opacité, de son insignifiance. Les *Illusions perdues* sont beaucoup mieux qu'un roman. Elles sont, éminemment, œuvre de poésie, elles méritent que nous les appelions un poème.

Antoine Adam, Préface à *Illusions perdues*, Garnier, 1961, p. XXXI.

Elles le sont par leur style, aussi audacieusement métaphorique que le plus grand style proustien. Elles le sont par les hautes images qu'elles dressent devant nous, allégories du bien et du mal. [...] Les *Illusions perdues* sont le poème d'une destinée, et d'une destinée qui est celle de chacun de nous.

L'excellente vertu de Balzac est justement de créer l'illusion et de façon si forte que pour ceux qui y sont sensibles, il n'est pas aisé de s'en débarrasser. Sans doute certains lecteurs se refusent-ils à Balzac : choqués par des défauts naïfs jusqu'à l'évidence, ils se retirent avant que l'enchanteur ne les ait enfermés. Ceux qui l'acceptent, au contraire, l'acceptent en bloc. Renonçant à protester contre des faiblesses qui sont l'envers et la rançon de ses sublimes vertus, ils ouvrent le livre, entrent dans le roman et cessent d'appartenir au monde des vivants pour vivre à Angoulême ou à Paris avec Lucien, David et Mme de Bargeton.

Suzanne Jean-Bérard, *La Genèse d'un roman de Balzac : Illusions perdues*, Armand Colin, 1961, t. II, p. 313-315.

[...] Wilde a pu écrire : « Litterature always anticipates life. It does not copy it, but moulds it to its purpose. The nineteenth century, as we know it, is largely an invention of Balzac. » Sans doute Wilde aimait-il le paradoxe, Balzac ne tirait pas ses personnages du néant. Il n'a pas inventé le dandy, ni la femme de trente ans, ni le journaliste, ni le provincial ambitieux, ni l'avare, ni tant d'autres admirables types. Il leur a néanmoins donné une sorte de grandeur épique, ils sont eux-mêmes et plus encore : leurs dimensions exceptionnelles les portent d'emblée au rang des dieux.

[...]

Ainsi le destin littéraire de Balzac apparaît comme un curieux paradoxe. Il se proclame lui-même « le miroir excentrique de l'univers », l'historien des mœurs, et pourtant l'univers l'attend pour se compléter et s'accomplir lui-même, les mœurs s'inspirent de son œuvre ; sa postérité spirituelle emplit encore aujourd'hui les cadres de la société. [...] « Il faudra que je meure, disait-il, pour qu'ils sachent ce que je vaux. » *Ils* le savent, et que ce triste versificateur se trouvait être un de nos plus grands poètes.

VI. SÉLECTION BIBLIOGRAPHIQUE

ŒUVRES DE BALZAC

Pour *Illusions perdues*, l'édition critique de référence est celle établie et commentée par Roland Chollet au tome V de *La Comédie humaine*, éd. P.-G. Castex, Gallimard, coll. « Bibliothèque de la Pléiade ».

ÉTUDES ET PRÉFACES SUR *ILLUSIONS PERDUES*

OUVRAGES D'ENSEMBLE

Christèle Couleau, *Premières leçons sur « Illusions perdues », un roman d'apprentissage*, PUF, coll. « Major », 1996.

Laurence Lévy-Delpla, *Illusions perdues de Balzac*, Hatier, coll. « Profil d'une œuvre », 1983.

Françoise van Rossum-Guyon (éd.), *Balzac : « Illusions perdues ». « L'œuvre capitale dans l'œuvre »*, Groningen, CRIN, 1988.

PRÉFACES

Antoine Adam, Préface à *Illusions perdues*, Garnier, 1961.

Philippe Berthier, Préface de l'édition « G.-F. », Flammarion, 1990.

Roland Chollet, Préface à l'édition d'*Illusions perdues* dans la « Bibliothèque de la Pléiade », t. V, p. 3-108.

Pierre Citron, Préface de l'édition « G.-F. » d'*Illusions perdues*, 1966, p. 17-30.

Maurice Ménard, Préface à *Illusions perdues*, Le Livre de poche, 1972.

Gaëtan Picon, « Les *Illusions perdues* ou l'espérance retrouvée », première parution en 1958 dans le *Mercure de France*, Préface d'*Illusions perdues*, Gallimard, coll. « Folio », 1972.

GENÈSE

Suzanne Jean-Bérard, *Illusions perdues [1836]. Le manuscrit de la collection Lovenjoul*, Armand Colin, 1959.
—, *La Genèse d'un roman de Balzac : Illusions perdues, 1837*, Armand Colin, 1961, 2 vol.
André Lacaux, « Le premier état d'*Un grand homme de province à Paris* », *L'Année balzacienne 1969.*
Stéphane Vachon, « Chronologie de la rédaction et de la publication d'*Illusions perdues* », dans *Balzac : « Illusions perdues » [...]*, Groningen, CRIN, 1988, p. 1-11.

ÉTUDES DE SOURCES

Roger Bismut, « *Illusions perdues* et *Ruy Blas* ou un aspect insoupçonné des relations entre Balzac et Hugo », *Les Lettres romanes*, août 1981, p. 235-245.
Pierre Citron, « Situations balzaciennes avant Balzac », *L'Année balzacienne 1960.*
—, « Coralie et Faublas », *L'Année balzacienne 1968* (note).
R. Clark, « *L'Alcade dans l'embarras* », *L'Année balzacienne 1977* (note).
Wayne Conner, « Sur quelques personnages d'*Un grand homme de province à Paris* », *L'Année balzacienne 1961.*
Nicole Felkay, « Un banquier des auteurs dramatiques : Porcher-Braulard », *L'Année balzacienne 1972.*
Rose Fortassier, « Le cadavre et la chanson ou une version lyonnaise de la veillée funèbre de Coralie », *L'Année balzacienne 1966* (note).

Anne-Marie Meininger, « Eugène Surville, modèle re-paraissant », *L'Année balzacienne 1963.*
—, « *Illusions perdues* et faits retrouvés », *L'Année balzacienne 1979.*
Max Milner et Marcel Ruff, « La veillée funèbre de Coralie, ou d'Aloysius Block à Balzac », *L'Année balzacienne 1962.*
Guy Sagnes, « Au dossier d'*Illusions perdues* », *L'Année balzacienne 1967* (note).
Élisabeth Teichmann, « La source d'un épisode d'*Illusions perdues :* Aloysius Block et la veillée funèbre de Coralie », *Modern Philology*, février 1962.
Bruce Tolley, « Balzac et *Le Sylphe :* " Le grand d'Espagne et la veillée funèbre de Coralis " », *L'Année balzacienne 1976.*

ARTICLES

Philippe Berthier, « Balzac du coté de Sodome », *L 'Année balzacienne 1979.*
—, « Marcel et Charlus Herrera », dans *Balzac : Illusions perdues [...]*, Groningen, CRIN, 1988, p. 94-103.
Jeannine Guichardet, « *Illusions perdues :* quelques itinéraires en pays parisien », dans *Balzac : « Illusions perdues » [...]*, Groningen, CRIN, 1988, p. 89-94.
Françoise Guyon, « La marque de l'auteur : l'exemple balzacien d'*Illusions perdues* », Degrés, printemps-été 1987, p. 1-19.
Annie Jourdan, « Le triomphe de Lucien de Rubempré : faux poète, vrai dandy », dans *Balzac : Illusions perdues » [...]*, Groningen, CRIN, 1988, p. 62-77.
Pierre Laforgue, « Balzac, Chénier et le romantisme en 1837, ou poésie et poétique dans *Illusions perdues* », *Cahiers Roucher-Chénier*, n° 20, juin 2001.
—, « *Illusions perdues*, ou la poésie dans la prose », dans *Romanticoco. Un esthétique du bariolé (1830-1860)*, Presses universitaires de Vincennes, coll. « L'imaginaire du texte », 2001.

Georg Lukács, « *Illusions perdues* », dans *Balzac et le réalisme français*, Maspero, 1967, p. 48-68.

Nicole Mozet, « Au commencement est l'imprimerie », dans *Balzac : « Illusions perdues » [...]*, Groningen, CRIN, 1988, p. 23-33.

Jacques Neefs, « *Illusions perdues :* représentation de l'acte romanesque », *Le Roman de Balzac*, Roland Le Huenen et Paul Perron éd., Montréal, Didier, 1980, p. 119-130.

Osamu Nishio, *La Signification du Cénacle dans « La Comédie humaine » de Balzac*, Tokyo, FranceTosho, 1980.

Per Nykrog, « *Illusions perdues* dans ses grandes lignes : stratégies et tactiques romanesques », dans *Balzac : « Illusions perdues » [...]*, Groningen, CRIN, 1988, p. 34-46.

Geneviève Poncin-Bar, « Le livre dans le livre dans *Illusions perdues* », *Interférences. Revue de littérature comparée de l'Université de Haute-Bretagne*, n° 11, janvier-juin 1980, p. 73-94.

Anthony R. Pugh, « Unité et création dans *Illusions perdues* », dans *Le Roman de Balzac*, R. Le Huenen et P. Perron éd., Montréal, Didier, 1980, p. 99-107.

Boris Reizov, « Le problème du poète dans *Illusions perdues* », dans *Littérature au-delà des frontières,* éditions de l'Université de Leningrad, 1956.

Franc Schuerewegen, « Le prix de la lettre : réflexions axiologiques », dans *Balzac : « Illusions perdues » [...]*, Groningen, CRIN, 1988, p. 78-88.

Hava Sussman, « Personnage, parole et écriture dans *Illusions perdues* », *Les Lettres romanes,* XXXVIII, 1979, p. 3-11.

—, « La datation du récit dans *Illusions perdues* », *L'Année balzacienne 1986.*

Bruce Tolley, « The *Cénacle* of Balzac's *Illusions perdues* », *French Studies,* octobre 1961.

Isabelle Tournier, « Titrer et interpréter », dans *Balzac : « Illusions perdues » [...]*, Groningen, CRIN, 1988, p. 12-22.

Françoise Van Rosum-Guyon, « La marque de l'auteur. L'exemple balzacien d'*Illusions perdues* », *Degrés. Revue de synthèse à orientation sémiologique*, Bruxelles, 1987.
—, « Ève et David : discours, actions, valeurs, dans *Balzac : « Illusions perdues » [...]*, Groningen, CRIN, 1988, p. 47-62.

ÉTUDES SUR BALZAC

Alain, *Avec Balzac*, Gallimard, coll. « NRF », 2e éd., 1937.
Max Andréoli, *Le Système balzacien*, Peter Lang, 1983, 2 vol.
Pierre Barbéris, *Balzac et le mal du siècle. Contribution à une physiologie du monde moderne*, Gallimard, 1970, 2 vol.
—, *Le Monde de Balzac*, Arthaud, 1973.
—, *Mythes balzaciens*, Armand Colin, 1971.
—, *Balzac, une mythologie réaliste*, Larousse, coll. « Thèmes et textes », 1971.
Maurice Bardèche, *Balzac romancier. La formation de l'art du roman chez Balzac jusqu'à la publication du « Père Goriot » (1820-1835)*, Plon. 1940, et Genève, Slatkine reprints, 1967.
Anne-Marie Baron, *Le Fils prodigue. L'inconscient de « La Comédie humaine »*, Nathan, coll. « Le texte à l'œuvre », 1993.
—, *Balzac ou l'auguste mensonge*, Nathan, coll. « Le texte à l'œuvre », 1998.
Roland Barthes, S/Z, Seuil, coll. « Tel quel », 1970.
Albert Béguin, *Balzac visionnaire*, Skira, 1946.
David Bellos, *Balzac Criticism in France (1850-1900). The Making of a Reputation*, Oxford, 1976.
Patrick Berthier, « Nathan, Balzac et *La Comédie humaine* », *L'Année balzacienne 1971.*
Philippe Berthier, *La Vie quotidienne dans « La Comédie humaine » de Balzac*, Hachette, coll. « La vie quotidienne », 1998.

Gretchen R. Besser, *Balzac's Concept of Genius. The Theme of Superiority in the « Comédie humaine »*, Genève, Droz, 1969.

Éric Bordas, *Balzac, discours et détours. Pour une politique de l'énonciation romanesque*, Presses universitaires du Mirail, coll. « Champs du signe », 1997.

Jean-Loup Bourget, « Balzac et le déchiffrement des signes », *L'Année balzacienne 1977*.

Roland Chollet, *Balzac journaliste. Le tournant de 1830*, Klincksieck, 1983.

—, « Balzac et le *Feuilleton littéraire* », *L'Année balzacienne 1984*.

Pierre Citron, *Dans Balzac*, Seuil, 1986.

Lucien Dallenbach, « Le tout en morceaux », *Poétique*, n° 42, avril 1980, p. 156-169.

José-Luis Diaz, « Balzac-oxymore : logiques balzaciennes de la contradiction », *Revue des sciences humaines*, numéro spécial sur Balzac, 1979-3, p. 33-47.

—, « Esthétique balzacienne : l'économie, la dépense, l'oxymore », dans *Balzac et « La Peau de chagrin »*, études réunies par Claude Duchet, SEDES, 1979.

—, « Mythologies balzaciennes de l'écrivain », colloque de Clermont-Ferrand, mars 1989, paru dans *La Licorne*, n° 18, 1990, numéro sur les « Mythologies du romantisme », p. 75-85.

Claude Duchet et Jacques Neefs (éd.), *Balzac, l'invention du roman*, Colloque de Cerisy, Denoël, 1980.

Lucette Finas, *Le Toucher du rayon. Proust, Vautrin, Antinoüs*, Nizet, coll. « Trait d'union », 1995.

Lucienne Frappier-Mazur, *L'Expression métaphorique dans « La Comédie humaine »*, Klincksieck, 1976.

Jeannine Guichardet, *Balzac archéologue de Paris*, CDU-SEDES, 1985.

Roland Le Huenen et Paul Perron (éd.), *Le Roman de Balzac : recherches critiques, méthodes, lectures*, Montréal, Didier, 1980.

Maurice Ménard, *Balzac et le comique dans « La Comédie humaine »*, Paris, PUF, coll. « Publications de la Sorbonne. Littératures II », 1983.

Arlette Michel, « À propos de poétique balzacienne : réalisme et illusions perdues », *L'Année balzacienne 1980*.

—, « Le statut du romancier chez Balzac », dans *Le Statut de la littérature*. Mélanges offerts à Paul Bénichou, Genève, Droz, 1982.

Nicole Mozet, *La Ville de province dans l'œuvre de Balzac*, CDU-SEDES, 1982.

—, *Balzac au pluriel*, PUF, coll. « Écrivains », 1990.

Jean Pommier, *L'Invention et l'écriture dans « La Torpille » d'H. de Balzac*, Droz et Minard, 1957.

—, « Naissance d'un héros : Rastignac », *Revue d'histoire littéraire de la France*, avril-juin 1950.

Jean-Pierre Richard, « Corps et décors balzaciens », dans *Études sur le romantisme*, Seuil, 1970.

Marthe Robert, *Roman des origines et origines du roman*, Grasset, 1972, et Gallimard, coll. « Tel », 1976.

Franc Schuerewegen, *Balzac contre Balzac. Les cartes du lecteur*, Paris-Toronto, SEDES-Éditions Paratexte, 1990.

Florence Terrasse-Riou, *Balzac et le roman de la communication*, SEDES, 2000.

Bruce Tolley, « Balzac anecdotier », », *L'Année balzacienne 1967*.

Isabelle Tournier, « Les mille et un contes du feuilleton : portrait de Balzac en Shéhérazade », dans *Balzac. Œuvres complètes. Le « moment » de « La Comédie humaine » dans l'écrit balzacien*, Groupe international de recherches balzaciennes, coll. de Saint-Denis, Presses universitaires de Vincennes, coll. « L'imaginaire du texte ».

Stéphane Vachon, *Les Travaux et les Jours d'Honoré de Balzac*, Presses universitaires de Vincennes, Presses du CNRS, Presses de l'université de Montréal, 1992.

—, *Honoré de Balzac*, coll. « Mémoire de la critique », Presses de l'université de Paris-Sorbonne, 1999.

—, *Écrits sur le roman. Anthologie*, Le Livre de poche, coll. « Références », 2000.

Stéphane Vachon (éd.), *Une poétique du roman*, Montréal et Saint-Denis, XYZ et Presses universitaires de Vincennes, 1996.

TABLE

ESSAI

Composition Traitext.
Impression Bussière Camedan Imprimeries
à Saint-Amand (Cher), le 9 octobre 2001.
Dépôt légal : octobre 2001.
Numéro d'imprimeur : 014627/1.
ISBN 2-07-040169-3./Imprimé en France.

79379